世界少年经典文学丛书

神秘岛

[法]凡尔纳 著
罗 斌 编译

中国出版集团 现代出版社

图书在版编目(CIP)数据

神秘岛 / (法) 凡尔纳 (Verne,J.) 著 ; 罗斌编译. —北京 : 现代出版社, 2013.2 (2025.1重印)

ISBN 978 - 7 - 5143 - 1304 - 8

Ⅰ. ①神… Ⅱ. ①凡… ②罗… Ⅲ. ①科学幻想小说 - 法国 - 近代 - 缩写 Ⅳ. ①I565.44

中国版本图书馆 CIP 数据核字 (2013) 第 022121 号

作　　者 凡尔纳
责任编辑 李　鹏
出版发行 现代出版社
通讯地址 北京市安定门外安华里 504 号
邮政编码 100011
电　　话 010 - 64267325　64245264(传真)
网　　址 www. xdcbs. com
电子邮箱 xiandai@ cnpitc. com. cn
印　　刷 三河市嵩川印刷有限公司
开　　本 700mm × 1000mm　1/16
印　　张 9
版　　次 2013 年 2 月第 1 版　2025年 1 月第 4 次印刷
书　　号 ISBN 978 - 7 - 5143 - 1304 - 8
定　　价 39.80 元

序　言

孩子是未来的希望，是父母心中的天使，是充满快乐的精灵。小学阶段更是孩子最快乐的时光，是孩子成长发育的黄金阶段。为了让孩子学习更多的课外知识，享受更加丰富的学习乐趣，我们策划了本丛书！

从小让孩子多读课外书，对培养孩子健康的心态和正确的人生观无疑将起着非常重要的作用。自《语文课程标准》公布以来，不少富有敬业精神、有才干的教师，在他们的教学中，担当起阅读教育的重担。他们在严谨的选材中，利用丰富的文学资源，向学生推荐了大量优秀的课外读物，实施了以“练成阅读和作文的熟练技能”为重要内容的阅读教育。大千世界充满了丰富的知识。阅读能丰富小学生的语文知识，增强阅读能力，提高写作水平，开阔视野，增长智慧。阅读本丛书，能够使孩子享受到阅读的快乐，激发起更浓厚的阅读兴趣，孩子的生活将充满新的活力与幸福！本丛书精选了世界名著和中国经典书目中流传最广、影响最大、最脍炙人口的作品，是培养小学生理解能力、记忆能力、创造能力的最佳课外读物。

最后需要指出的是，本丛书把世界上流传甚广的经典童话、寓言等也尽收其中，并将这些文学作品重新编写审订，使作品在不影响原著的基础上更适合少年儿童阅读，在丰富他们课余生活的同时提高语言和文字表达能力。本丛书通过科学简明的体例、丰富精美的图片等有机结合，使小读者不仅能直观地领略作品的精髓，而且还能获得更为广阔的文化视野和愉快体验。希望本丛书能成为孩子生活的一缕阳光照亮孩子前进的道路，能成为一丝雨露滋润孩子纯净的心灵。

编　者

目　录

一

“我们现在还是在上升吗?”

“不！正好相反！我们现在在下落!”

“情况更糟糕，史密斯先生！我们正在加速往下坠落!”

“赶紧把压舱物全部扔下去!”

“可所有人把压舱物都已经扔完了啊!”

“那现在气球上升了吗?”

“还没有!”

“我似乎听见波涛的声音了。”

“这意味着大海就在我们脚下啊!”

“没错，非常近，离我们还不到500英尺!”

突然，一个洪亮的声音划破天空:

“快！把所有的重东西都扔到外面去！……全部扔掉，快!”

这一切发生在1865年3月23日这一天，下午将近4点，地点是在辽阔的太平洋上空。

年初，从东北方向突然吹来的那场骇人听闻的风暴，令人毛骨悚然，难以从记忆中抹去。气压计竟然下降到了710毫米。这场飓风从3月18日到26日一直刮个不停。它从北纬35°斜穿过赤道，一直到南纬40°。这场飓风给美洲、亚洲和欧洲带来严重的灾害！树木被连根拔起，城市被摧毁，就连堤岸也被巨浪冲毁了。根据威利达司局公布的统计数字，在这场飓风中，有数百艘船只被抛上海岸，有数千人丧命：毋庸置疑，这是一场令人生畏的龙卷风。它所到之处，一切都遭到极度毁坏，甚至有些地方还被夷为平地。较之于1810年10月25日发生于哈瓦那和1825年1月26日发生于瓜德罗普岛那类风暴造成的灾情，它带来的灾难要更加严重。

就在飓风肆虐之时，高空同时也在上演令人恐惧的一幕。

有一只气球被龙卷风带到风顶高处，以每小时高达 90 海里的速度前进。气球不停地自身旋转，并被牢牢地控制在气流漩涡里。

气球下面系着一个悬篮，而悬篮里面坐着 5 名乘客。悬篮不停地摇摆。此时，一直到大海表面，浓雾与水汽相互掺混，充满所有空间，非常模糊，使得我们只能看见很小一段距离。

这只气球不过是风的玩具而已，可它是从哪里来的呢？很明显，它是不可能在风暴发生期间升起。可是，这场飓风已经连续刮了 5 天，而且在 3 月 18 日那天，就已经有了风暴的初始征兆。因此能够断定这只气球来自非常遥远的地方，因为大风的关系，使得它每昼夜至少飞行 2000 海里。难道不是这样么？

悬篮里的乘客因为失去了方向，没有办法估算出自己到底飞越了多少路程。甚至还有怪事发生。虽然他们身处可怕的暴风之中，然而却没有受到任何伤害。他们随风飘移，在风中团团乱转，可他们对此毫无察觉，并没有感觉自己在被风吹着走。浓雾挡住了他们的视线，使他们看不到下面的景象。他们被层层阴云包围，分不清当时是白天还是黑夜。那时，他们悬浮在高空，周围一片黑暗。他们什么都看不见，也听不见来自地面上的声音。只是当气球加速下落时，他们才发现自己在波浪万丈的海洋上，危险重重，面临灭顶之灾。

可是，当把弹药、武器，乃至粮食这些重物扔掉以后，气球又回升至距地面 4500 英尺的高空。当人们看见汪洋大海以后，总是认为上面的危险没有下面的危险可怕。因此，他们便毫不犹豫地扔掉了所有的东西。与此同时，他们又想方设法让气球里的氢气一点也不漏掉，因为只有它才能让他们在危险的海洋上空保持悬浮状态。

乘客们在恐惧中度过了黑夜。要是换作胆小的人，恐怕早就吓死了。又回到了白天。随着白昼的来临，那场飓风也在减弱。从 3 月 24 日这一天清晨起，风暴就有了某些减弱的征兆。黎明时分，那些泡状的云朵已往高空升腾而去。几小时的工夫，龙卷风风筒范围变小，也就是说此刻的飓风已经变成了强风，大气流动的速度也减慢了一半。虽然水手们称这种风为三缩帆风，然而毕竟龙卷风的风力已经减弱了很多。

到将近11点钟的时候，天空下层的空间就变得比较明朗了。大气圈显现出能够看得见的，就像雷雨过后，天空中的那种明亮。飓风似乎再也不往西刮了，风力渐弱，并逐渐地平息下来。令人们害怕的是，也许龙卷风过后便是阵阵强风雷暴。

与此同时，人们再次发现，那个气球正在慢慢地往下飘移，显然气球正在漏气，同时气囊也正在逐渐拉长，而且由圆形慢慢地变成了椭圆形。

快到正午时，气球距离海面只有2000英尺了。气囊的容量为5万立方英尺，只有它的容量足够大才能够长时间地悬浮在空中，保持持续运动状态。此时此刻，乘客们把最后那些会增加悬篮重量的东西全都扔掉了，其中也包括食物，就连他们口袋里的细小器具也扔了。而他们中的一个人，还爬到系着网索的圆框上面，希望把气球下部系得更牢固一些。

显然，对他们来说，氢气已经不够了！

看起来，他们的境遇很糟糕，甚至失去了希望！的确，他们下面既不是一处陆地，也不是一个海岛。哪怕是唯一的着陆地点都没有，甚至连一个攀扶固定自己的东西也都没有见着。

无边无际的海洋上，波涛滚滚，汹涌澎湃。甚至他们居高临下，在视野能够延伸至40海里的时候，也还是望不到边岸！这片海，在经过那场飓风拍打和鞭挞之后，必然是波浪激涌，仿佛万马奔腾。那掀起的一处处波峰浪尖就有如迎风飘起的白色鬃毛。人们眼力所及的地方，还是看不到陆地和船只！

此刻，只有阻止气球继续往下坠落，才能防止它被那大海巨浪所吞没。悬篮里的乘客都紧急行动起来，各自采取救急措施。可糟糕的是，无论他们怎么做，那气球还是一直在往下坠落，同时飞快地随风飘移，从东北方向一直飘移到西南方向。

这些乘客的处境可真是糟糕透顶啊！他们没有办法再控制气球了。他们所做出的努力都徒劳无功。气球的气囊变得越来越瘪了因为那氢气流正在不停地往外泄漏。而且气球下坠的速度也在明显加快。到午后1点钟的时候，悬篮距离海面已经不到600英尺了。

因为氢气是从飞行器的一条裂缝往外泄的，因此乘客们想不出办法阻止它继续泄漏。

乘客们扔掉了所有的东西，因而重量减轻，他们悬浮在空中的时间得以延长。可是，只有几个小时而已，只能是苟延残喘。如果到天黑前还见不着某处陆地的话，那么气球、悬篮和乘客就必定都会被大海吞没，葬身海底。

该做的事情他们都已经做了。乘客们显然都很坚强，因为他们都很清楚，当时正面临着死亡的威胁。然而他们都没有说出点滴怨言。他们决心抗争到最后那一秒，同时决心做出全部努力，来延缓自己坠落的时间。因为悬篮是用柳条编织的篮筐，不适合在水中漂浮。要是它掉落海中的话，它就绝对不可能在海面上漂浮，肯定会沉下去。

到了下午2点的时候，气球距离海面几乎不到400英尺了。

这时，传来了一个洪亮的声音——这是一位男子汉发自内心的坚强的呼喊。而回应这呼喊声的声音则同样坚定有力。

“把全部的东西都扔了吗?”

“不！没有！还剩下一万金法郎呢!”

立刻，一万金法郎的钱袋被扔下了海。

“气球在上升吗?”

“升高了一点，然而它一会儿又会下落的!”

“还有什么东西能够扔到外面去的吗?”

“没有了!”

“不！……悬篮还没扔呢!”

“那现在我们抓住网索吧！把悬篮也扔到海里去!”

这是减轻重量的唯一的、最后的办法了。他们飞快地把系在圆框上面的悬篮的绳索割断。于是悬篮掉下后，气球便上升了2000英尺。

五位乘客爬上了高空气球网，呆在网里。他们透过网眼，注视着下面那无底深渊。

此类气球的灵敏度是人所共知的，扔掉最轻的东西便足以引起其垂直向上飘移。因此不难理解，只要减轻相对可观的重量，其飘移升起就会是突如其来的了。

然而，气球在上层空间停留了片刻之后，却又开始下降了起来。氢气体从那裂缝处溢漏出来，而时下又不可能修补好这个裂缝。

乘客们已经做了他们所能做的一切，他们已经尽力了。现在任何人力已经不能挽救他们了。他们所做的，只能是听天由命了。

到下午 4 点时分，气球距离海面只有 500 英尺了。

突然一声响亮的狗吠声传来。哦，原来是乘客们带在身边的那条狗，它紧紧靠在主人身旁。

“托布，你发现什么了吗?!”其中一位乘客问道。

立刻就有人大声地说道：

“陆地！是陆地!”

打从黎明时分起，气球就一直随着风向西南方向飘去。它已经越过了好几百海里了。终于，他们在西南方向看到了一处陆地，而陆地也相当高。

然而问题是，他们离这处陆地还有 30 海里。气球至少要整整一个小时的时间才能够到达那里。而在在这关键的一个小时之内，气球里那些全部现存的氢气流质会不会都跑光呢?

关键就在这里！乘客们已经能够很清楚地看到这处坚实的地方，而且他们无论如何都必须到达那里。他们不知道那是什么地方，不知道那是大陆还是海岛，因为他们根本不知道这场飓风把他们带到了哪里！可是这处陆地是他们最后的希望，不管它能否容下他们，他们都必须到达那里!

4 点钟的时候，气球再也不能支撑下去了。此刻，它已经贴近海面。气球网兜的下端已经好几次被海面巨浪的波峰浪尖触及。气球又变得很沉重，就好像一只翅膀受了伤的鸟儿，半飘浮在海面上。

又过了 30 分钟，他们距离那处陆地已经非常近了，只有 1 海里了。然而气球却变得松软了，大大瘪皱了起来，只有上部还保留点氢气。乘客们不得不紧紧地抓住网索，然而这也绝不可能减轻他们的重量。于是，他们很快便有半截身子浸入海中，此时那股汹涌的波浪就在拍打着、鞭笞着他们。气球气囊现在已经只剩一只袋子，而且风猛烈地吹入其中，那风好像吹着一艘顺风行驶的船只，推着他们前进。也许这样它就会抵达那岸边吧！

可是，当离那岸边只有两链远的时候，其中的4个人突然一起惊叫了起来，这叫喊声仿佛会传播到无限远的地方。原来，在一个巨浪拍打之下，悬在海面的气球，竟突然意外地又一下子飘升起来了。它好像重新有了动力，于是又升到1500英尺的高空去了。而在那上面，气球碰到了一种空气涡流，这涡流并没有帮助它将其带向海岸，而是使它旋卷着与海岸平行而行。最后，气球在斜向转靠海岸，最终落在远离海浪的沙滩上。

乘客们互相帮助着从网兜里走出来。气球由于没有了他们的重量，又随风飘动了起来，就像恢复片刻活力一样，最终消失在刚才那令他们安全又恐惧的天空中。

原来有5个人在气球里，外加一条狗，可是，现在只剩下4位在海滩上。

显然，消失的那个人是在刚才海浪拍打气球网兜的时候被卷走了，而正因为这样，气球才减轻了重量，才会有那最后的一次飘升，并安全着陆。

当这4位遇险者一踏上陆地，就都想起那位失踪的乘客来。他们都在大声呼喊着：

“他一定会游到岸上！我们去救他！我们去救他！”

二

日子就这么过去了，这个时候，气球上的这些乘客被抛落在林肯岛上已经7个月了。打从那个时候起，他们搜索了好几次，然而却连任何人迹也没有发现。在这个荒岛上面，从未发现有任何人类在此体力劳动过的迹象，显然没有人来过这。不仅小岛上看来是无人居住，而且，人们想必还认为，兴许这里从来就没有人住过。可是，现在，所有的推论却被一粒小小的金属弹丸推翻了！而这弹丸是在一只啮齿类动物躯体内找到的。到底是为什么呢？

显然，这是一种火器发射出来的铅弹，那么，除了人类以外，此前还有什么别的家伙能够使用这种武器？

看了铅弹以后他的伙伴们都惊讶不已。尽管这粒弹丸表面看来微不足道，然而他们却是马上想到这一偶然事件带来的各种各样的结果。即使出现神奇的生灵，他们也不会惊讶。

赛勒斯·史密斯拿起铅弹，在拇指和食指之间不停地转动着。然后，他就问彭克罗夫：

“您能完全确定这只西揣生下来只有3个月吗？”

“几乎是只有3个月大，赛勒斯先生，”彭克罗夫答道，“因为我发现它的时候，它还在吃奶呢。”

“如果是这样的话，”这位工程师说，“林肯岛上有人开过枪，而且到现在最多只有3个月。”

“可是没有打死这只动物，它只不过受伤罢了。”吉丁·史佩莱补充说道。

“毋庸置疑，”赛勒斯·史密斯接着又说道，“从这件事能够知道兴许在我们来到之前，小岛曾有人住过，或者至多3个月以来，这个小岛就曾经有一些人登陆。这些人是特意来这里的吗？至于他们是些什么人，是马来人还是欧洲人，是敌人还是我们同类朋友，我们还不清楚；再说，目前他们是仍然住在岛上还是已经离去，我们更是不得而知。可这些问题与我们的关系太密切了，我们必须尽快拿定主意。”

“不会！决不会！万万不会！”那位水手从桌旁站起身来大喊着道，“林肯岛上除了我们以外就没有别的人！见鬼！小岛不大，要是岛上有人居住，我们早就应该发现他们了！”

“要不然，那就怪了。”赫伯特说。

“如果这只西揣生来身上就有一粒铅弹，”那位记者示意般说道，“那确实就更怪了！”

“除非……”纳布当真般说道，“彭克罗夫早前就有……”

“纳布，您看看这吧。”彭克罗夫反驳道，“如果在我的领里有那么一颗铅弹，我不会自己不知道，它又能藏在哪儿？”他随即露出那32颗漂亮牙齿来，还在进一步说道：

“纳布，你仔细看看，你在这一口牙齿里找不到一个齿洞。”

“纳布的猜测是不可能的，”赛勒斯·史密斯不禁地笑了起来，同时说道，“能够肯定的是，充其量是这3个月来曾有人在这岛上开过枪。所以我倾向认为，这些人是不久前登陆的，也许他们只是路过这里而已，因为当我们在富兰克林峰俯瞰全岛的时候，如果他们在岛上，我们一定会看见他们，或者是他们会看见我们。所以，这很可能是最近发生的事情，可能有一些遇险者被暴风雨吹刮到岸上的某处地方了。无论如何，我们要弄清楚这个问题。”

“我认为，在我们行动的时候一定要小心。”那位记者说道。

“我也是这么认为的，”赛勒斯·史密斯应声道，“最糟糕的是马来海盗在小岛上登陆了！”

“赛勒斯先生，”那位水手问道，“我们先造一条小船好不好？有了船我们就能够溯流而上，必要时还可沿着海岸巡视全岛。”

“您的这个主意是很不错，”这位工程师答道，“可是我们没时间啊。因为，至少得用一个月的时间才能造一只小船……”

“没错，那可是造一艘真正的小船，”那位水手回应着，“可是，我们能够造一条小舟。我保证用5天的时间造出一条独木舟，这独木舟就足够能够使用了。”

“您5天内能够造出一条船？只用5天？”纳布大声喊道。

“没错，一种印第安人的船啊。”

“木头的？”这位黑人问道。

“木头的，”彭克罗夫回答，“我再说一遍，确切点说是树皮的。5天以内造船的事就能够完成了！”

“5天以内，好吧！那我们开始吧！”这位工程师应答道。

“可在这期间，我们得要小心啊！”

“的确要特别小心，”赛勒斯·史密斯回应道，“因此，当我们外出狩猎时，我请大家不要距离‘花岗石宫’太远。”

在这紧张的气氛中他们吃完了晚饭，彭克罗夫多少有些扫兴。

这些移殖民们认为：除了他们以外，小岛上面还有其他人或者是曾经有人住过。打从铅弹事件以来，这已成为毋庸置疑的事实，而且，这件事在他们心中引起极度不安。

在睡觉之前，赛勒斯·史密斯和吉丁·史佩莱就这件事还谈了很久。他们都在思忖着，这件事与这位工程师的那难以解释的得救以及他们遭遇上的特怪事情有没有联系？经过反复权衡磋商之后，赛勒斯·史密斯最后说道：

“总的说来，您想知道我的看法吗？”

“没错。”

“那么好吧，我的看法是：不管我们如何搜索小岛，我们也不会发现任何情况的。”

彭克罗夫从第二天起就动手开始做造船活儿来了。他是要造一条适合于在感恩河上航行的简易平底船，特别是能够通过河水较浅的地方，以便航行到这条河流的发源地去。把一片片的树皮连接起来就可做成一只轻便的小船了，搬运起来也都不会显得笨重累赘。彭克罗夫计划用钉子将树皮的连接处铆合起来，这样就能够保证平底船不易透水。

为了获得柔软坚韧的树皮来造船，这就必须选择树木。之前很多树被飓风吹倒了，这些树的树皮就正适合用来造船。正好有几棵冷杉倒伏在地面上，因此，只要剥落它们的树皮就行。可是移殖民们的工具却是十分简陋，这才是最困难的事。然而最后他们总算完成了任务。

在那位工程师的协助下，这位水手连续不断地工作。吉丁·史佩莱和赫伯特负责全队的补给。那位年轻小伙子使用弓、箭和长矛的本领十分高强，那位记者不得不叹服。他的表现信受到夸赞。这俩猎伴还按照赛勒斯·史密斯的吩咐，没有离开“花岗石宫”周围两海里远，可是，在首排森林幕障周围就有很多袋鼠、水豚、刺豚鼠、西猪等，而如果说陷阱不如天气冷的时候收效好，那么养兔林里的兔子足够供给林肯岛上的移殖民吃饱了。

狩猎期间，赫伯特常常和吉丁·史佩莱谈起那铅弹事件和工程师的推测。10月26日那天，他对史佩莱说道："可是，史佩莱先生，假如有人上了这个小岛，他们却仍然没有在'花岗石宫'那处海岸露面，您不觉得很奇怪吗?"

"如果他们还在岛上，是很奇怪，"那位记者答道，"然而如果他们已经不在岛上，那就一点也不奇怪了!"

"照您这么说，您觉得这些人已经离开小岛了吗?"赫伯特问道。

"这种可能性是比较大的，我的小伙子。因为，要是他们在岛上呆的时间长，如果他们还在岛上，他们的踪迹最终是会暴露出来的。"

"可是，如果他们能够离开，"这位年轻小伙子说道，"那么，他们就不是遇险的人啦?!"

"没错，赫伯特，或许至少我们能够将他们称为临时的遇险者呢。这个是肯定的。比如说，一阵强风将他们抛落在这个小岛上，而船只没有任何损坏，强风一过，他们又再出海去了。"

"应当承认一件事，"赫伯特说道，"就是，好像史密斯先生害怕岛上有人。"

"因为，"那位记者应答道，"马来人很有可能常来这处海域，可是，那些人都是无赖恶棍，最好是避开他们。"

"史佩莱先生，"赫伯特继续说道，"说不定将来会有这么一天，我们可能会发现他们登陆的踪迹。"

在它们交谈的那天，他们正处在感恩河附近那座森林中的一个地方，那里的树木生长得非常美丽。在这类树木中间，屹立着几棵针叶树类树种，它们近乎高达200英尺。这种树被新西兰的土著人叫做"卡里松"。

"我有一个想法，"赫伯特说道，"如果我爬到一棵卡里松的树顶上，我不是能够看得到更远一处范围了吗?"

"这个主意不错，"那位记者答道，"可是你能爬到这么高的树顶上去吗?"

"我想尝试一下。"赫伯特应答着。

这位年轻小伙子，纵身一跳，就抓住了卡里松的头几个树杈，而且轻易地往上攀爬了起来，几分钟之内，他就爬到那树顶上面了，在这片森林形成的绝色平原上面。

在那居高临下的树顶上面，他能够看到小岛的整个南部地区，富兰克林山峰高耸在小岛的西北部，它将一大部分视野都给遮挡住了。

然而，在他那高耸起来的观察台上，赫伯特能够看到岛上还没有勘察过的地方，这些地方都有可能有人。

这位年轻小伙子非常仔细地观察过了。在大海中什么也没看到，无论是海面上还是小岛的周围，连一只船也都没有。不过，有一段海岸被树木遮住，所以也可能有一条船在那里，特别是折了桅杆的靠近海岸的船只，赫伯特就不会看到了。

远西森林里也完全都看不到有什么情况。茂密的树木形成的这处森林构成了一个无法穿透的穹形圆盖，浓密得连一处透光的地方、一点空隙也没有。甚至如果要顺着感恩河往上看，去寻找它那深山中的发源地也不可能。或许还有一些小溪向西流去，然而现在没法确认。

要是赫伯特没有发现宿营的迹象，难道他不能够看见显示人迹的那些炊烟吗？在当时明朗的空间里，哪怕是一丝极其淡薄的轻烟，也都能够看得出来。

有一阵子，赫伯特仿佛是看到一缕轻烟在西部升起，可他又证明他自己弄错了。赫伯特是极其仔细地观察过了，的确什么也没有。

赫伯特从卡里松树上下来之后，这两位猎人便返回到“花岗石宫”。赛勒斯·史密斯听了那位年轻小伙子的述说后，摇了摇头，一句话也没说。因为他认为只有全面勘察小岛过后，才能有答案。

三

这些移民者被抛到林肯岛上已有两年半了，直到目前为止他们还没能和他们的同类建立起任何联系。有一次，记者曾试图通过一只飞鸟，带去一张表明他们的目前境况的通告，可是，那只是一种不能抱太大希望的机会而已。到现在为止，只有爱尔通加入到移殖民们的行列中来，可是，就在10月17日这一天，在荒无人烟的海面上，竟然有其他的人出现在海岛边！

能够肯定！那边有一条船！可是，它是路经这一带海区呢，还是打算在这里靠岸？在此几个小时前，移殖民们显然就知道该怎么办了。

赛勒斯·史密斯和赫伯特已经立即把其他三人叫到“花岗石宫”的大厅里来，告诉他们所发生的事情。彭克罗夫立刻抓过望远镜，迅速地扫视着海平面，然后停在他们指出的点上，这点在照片上却朦胧不清。

“见鬼！真的是一条船！”他带着一种特别不愉快的口气说。“它是向我们开来的吗？”吉丁·史佩莱问。

“现在还无法确定，”彭克罗夫说，“没有办法看到整个船身呢！”

“那该怎么办？”小伙子问。

“等待。”赛勒斯·史密斯答道。

于是，在一段相当长的时间里，移殖民们沉默不语，沉浸在这件意外事件当中，这件事是他们到达小岛以来最能够使他们产生一切想法、忧虑、激动和期待的重大事件。

那些流落于一个贫瘠的小岛上的幸存者，必须艰难地生存，并饱受着期盼重见人烟的想法的煎熬。然而移殖民们的想法并非都是如此，尤其是水手和纳布，他们觉得自己过得既很幸福又很富有，如果离开他们的海岛，肯定会有所遗憾的。再说，在这片能够说是他们用智慧开发出来的土地上，然而，无论如何，那艘船的来临意味着它会带来大陆那边的消息，说不定其间会有一些是关于祖国的呢！

那艘船还会给他们带来同胞，因此，能够想象出，他们看到它时，心会跳得多激烈啊！

彭克罗夫不时地举起望远镜，他非常认真地观察着那艘位于东边20海里处的船只。可是移殖民们还没有想出任何办法发出信号，表明他们的存在。如此遥远的距离，摇动旗子看不见，放枪听不到，点火也不可能看得到。

可是，能够肯定，这个拥有富兰克林峰的海岛是肯定在船上瞭望员的视野之内。然而那艘船为什么要来这里停泊呢？难道完全因为偶然使它来到太平洋的这一海区上？可是在地图上，除了唐博岛外，这一海域并没标上任何其他的陆地；而且，唐博岛本身又在邮轮惯常的航线以外。

对于这个每个人都在思考的问题，赫伯特突然做了回答。

“那不会是‘邓肯号’吧?”他喊道。

“邓肯号”，大伙都不会忘记这个名字，格勒乃望爵士曾经把爱尔通抛弃在小岛上，并且约定有一天回来接他。可是，那小岛离林肯岛并不那么远，两岛之间的纬线距离仅为75海里，经线距离也只有150海里，因此，一条取道唐博岛的船，是非常有可能路过并望到林肯岛的。

“应该通知爱尔通，”吉丁·史佩莱说，“叫他立刻来。只有他才能告诉我们答案。”

大家都赞成这个意见。于是，记者跑到连接牲畜和花岗石宫的电报机旁，发出了这个电报：

“请速来。”

过了片刻，电报铃又响了。爱尔通回电说：

“马上到。”

接着，移殖民们继续观察着那条船。

“要是那是‘邓肯号’，”赫伯特说，“爱尔通会一眼认出它的，他曾在那条船上待过很长一段时间。”

“要是他认出来的话，”彭克罗夫接口说，“他肯定会非常高兴!”

“没错，”赛勒斯·史密斯答道，“现在只有爱尔通配得上登上‘邓肯号’了。因此，愿上帝保佑，那确实是格勒乃望爵士的游船。因为我看其他所有的船都是可疑的！这块海区经常有海盗出没，我一直担心一些马来海盗会光顾我们的海岛。”

“如果是这样的话，我们就要奋起反击了！”赫伯特喊道。

“那当然，孩子，”工程师微笑着说，“希望不用武力。”

“还有必要要指出一点，”吉丁·史佩莱说，“既然最新的地图上也没林肯岛，那么它对航海家们来说还是很陌生的。这么说，赛勒斯，您难道不认为，对一只意外地望到这片新陆地的船来说，它的动机只能是去察看这片新陆地，没有可能到陆地躲避，是吗？”

“当然是这样。”彭克罗夫答道。

“我也这么想，”工程师补充说，“我们能够确定，一个船长的职责就是要尽可能去了解地图上还没标上的任何一块陆地或岛屿，而林肯岛正好属于这种情况。”

“那么，”这时彭克罗夫说，“如果那条船登陆了，在距我们几链远的地方抛锚，那我们该怎么办？”

对于这个突兀的问题，一时无人回答。然而赛勒斯·史密斯经过思考后，像往常一样平静地回答说：

“朋友们，我们要做的就是我们将会和那条船进行联系，以美利坚合众国的名义占有这个海岛后，我们就登上那条船的甲板，离开我们的海岛。然后，我们再回到这里，名正言顺地占领这块地方，把太平洋这个有用的补给基地献给美利坚合众国！”

“太好啦！”彭克罗夫大声叫道，“我们将要献给我们国家的可不是一份薄礼哇！这里的拓殖工作大都已经完成，这里有天然的港口、道路、淡水补给场、电报线路、工厂和船坞。现在只差把林肯岛标在地图上了！”

“可是，要是有人趁我们不在把它夺走怎么办？”吉丁·史佩莱指出。

“喔唷！”水手喊道，“我宁愿一个人留下来守着它，我对天发誓，他们不可能把它从我手中抢走的。”

在这一小时里，还不能确定那艘船到底是不是朝林肯岛开来。可是，无疑它正朝这边靠近，然而它想开往哪里呢？谁也不知道。不管怎样，由于当时正吹着东北风，那艘船似乎靠右舷受风行驶着。除此之外，微风正好把船推到海岛岸边来，而且，在这平静的海面上，那艘船能够放心地开过来。

快到4点钟时，在发出电报一小时之后，爱尔通到达了“花岗石宫”。他边走进大厅，边说：

“各位先生，发生了什么事？”

赛勒斯·史密斯像平时一样向他伸出手，然后把他领到窗户边。

“爱尔通，”工程师对他说，“我们请您来是有一件重要的事。因为我们望见了一艘船。”

爱尔通一听，首先是脸色稍稍发白，脑袋晕了一下，然后，他探到窗台外面，仔细看了看海平面，然而他却什么也没看到。

“用这个望远镜，”吉丁·史佩莱说，“仔细看看那艘船或许就是‘邓肯号’，来这一带海域带您回国的。”

“‘邓肯号’！”爱尔通低声说，“怎么就来了！”

最后这句话似乎是情不自禁地脱口而出，爱尔通把头埋在手里。

这样说，被抛弃在荒岛上 12 年，难道他还觉得不足以抵罪吗？在他自己看来，难道这个一直想痛改前非的罪人还没感觉到被宽恕吗？

“不，”他说，“不可能是‘邓肯号’。”

“看一看吧，爱尔通，”这时，工程师说，“因为我们得知道该怎么办，这对我们非常重要。”

于是爱尔通举起望远镜，朝着那个方向望去。几分钟内，他静静地观察着海平面没有说话。然后，他说：

“的确有一条船。然而我并不认为那是‘邓肯号’。”

“为什么不可能是它？”吉丁·史佩莱问。

“因为‘邓肯号’是一艘蒸气游船，而那艘船不是。”

“说不定它仅仅扬帆行驶呢？”彭克罗夫指出，“现在它走的路线正好顺风。”

“您说的可能有理，彭克罗夫先生，”爱尔通答道，“那艘船或许熄了火。那就等它开近岸边吧，一会儿我们就知道该如何做了。”

说完这句话，爱尔通就坐到大厅的一个角落里，沉默不语。移殖民们继续谈论着那艘身份仍未弄清的船只，然而爱尔通并没有参加。

这时，大伙都不再干活。吉丁·史佩莱和彭克罗夫显得尤其精神紧张，简直到了坐立不安的程度。赫伯特则更多地感到好奇。只有纳布还表现得像平常一样的安静。主人就是他的祖国，至于工程师，他陷入沉思中，而且在他的心底里他其实害怕它来。

而这时，那艘船向海岛又靠近了一点。通过望远镜，就能够辨认出那是一艘远洋轮船，而并不是一艘太平洋上海盗常用的马来快艇。所以，工程师之前的担心错了，这艘出现在林肯岛海域的船对海岛来说是不会构成一点威胁的。彭克罗夫经过细致的观察，断定那是一艘双桅横帆船，它张开上、中、下三层桅帆，向海岸边斜冲过来。爱尔通的话也被证实了。

可是，因为这时正刮起西南风，要是继续保持这样的航向，它很快就会消失在爪形海角顶端后面。而后如果再想观察到它，就得爬上华盛顿湾的高地上。不巧的是，现在已是下午 5 点半了，不久就难以观察到任何东西了。

“天黑了，我们该怎么办呢？”吉丁·史佩莱问，“我们需不需要点起一堆火，表明我们就在这海岸上？”

这个问题很严肃，可是，尽管工程师还有所顾虑，这个建议还是被通过了。因为在夜里，那条船可能会消失，永远地离开，而它走后，会不会有别的船来到这来呢？那么，谁又能预料到移殖民们的未来到底会是如何呢？

“没错，”记者说，“不管它是什么船，我们都应该让它知道岛上有人。错过这个大好的机会，可能会造成终生遗憾的！”

于是，大伙决定让彭克罗夫和纳布去气球港。天一黑，他们就在那里点起一堆火，火光肯定会引起那艘双桅帆船船员的注意。

可是，就在此时，那艘船突然改变航向，直对着海岛朝合众国湾开过来。那艘双桅横帆船是一艘快船，因为它靠近的速度非常快。

于是，彭克罗夫和纳布延迟出发。大伙将望远镜递到爱尔通手里，以便让他能够更准确辨认一下那艘船是否就是“邓肯号”。苏格兰游船“邓肯号”也是一艘双桅横帆船。因此，问题就在于看清大伙看到的那艘船的两根桅杆之间到底有没有烟囱，这时那船离海岛已经很近了。

这时候天空还很亮，辨认起来还是相当容易，爱尔通很快就放下望远镜说：

“肯定不是‘邓肯号’！绝对不是它！”

彭克罗夫又一次观察着那艘双桅横帆船。他认出那是一艘载重 300 ~ 400 吨樯桅整齐、船体结构适合于航海的双桅横帆船，那或许是艘海上快船。然而它到底是哪个国家的呢？这可就不好说了。

“可是，”彭克罗夫接着说，“它的斜桁上飘着一面旗，然而我看不清楚它的颜色。”

“半个小时以后，我们就能够确定了，”记者答道，“再说，那船的船长有意在这里靠岸。所以，即使不是今天，最迟也是明天，我们就会认识它了。”

“这没关系！”彭克罗夫说，“最好能知道我们要跟谁打交道，再说我也很乐意去看清那面旗子的颜色。”

水手边这样说着，边看着望远镜。

天开始逐渐地黑了下来，随着海风停止，那艘双桅帆船的旗子就更加不能展开了，卷在吊绳上，这样就更加难以辨认了。

“那根本不是一面美国旗，”彭克罗夫不时地说，“也不是英国旗，英国旗的颜色容易看出来；可那也不是法国旗或德国旗的颜色；也不是西班牙的黄旗；也不是俄罗斯的白旗……那似乎是一面单色旗……瞧……在这一带海面上……我们最常见到什么旗？……智利旗？然而智利旗是三色的……巴西旗？绿色的……可这一面……”

此刻，一阵微风把那面难以看清的旗子吹开。爱尔通抓起水手放下的望远镜贴到眼睛上，然后，他低声喊道：

“黑色旗！”

果然，一块阴暗的平纹布在那双桅帆船的斜桁上飘展开来。大家开始对这艘船感到有点恐惧！

那么，工程师预感是否正确？那到底是不是一艘海盗船？难道它来太平洋下部海区烧掠抢劫，与还在这一带横行霸道的马来快船争霸吗？那它到林肯岛沿岸是认为这座还未被人所知的无名海岛很适宜成为它的藏赃窝点呢？还是仅仅到海岸边寻找一个泊船港过冬呢？难道移殖民们的这片净土命中注定要成为一个肮脏的庇护所？

所有念头在移殖民们的脑海里不禁浮现。此外，那艘船竖起的那面旗子的颜色毋庸置疑。那正是海上强盗的颜色！要是当初那帮罪犯的阴谋得逞的话，那“邓肯号”也就会挂上这种旗子！

大伙立刻商量对策。

“朋友们，”赛勒斯·史密斯说，“可能那艘船只是想观察海岛沿岸呢？他们或许不会上岸呢？这是一种可能性。然而无论如何，我们有必要采取一切行动隐藏起来，爱尔通和纳布快去把风叶拆下来。与此同时，我们用最茂密的树枝把‘花岗石宫’的窗户遮盖住，熄灭所有的火。总之千万不要表明有人在岛上!"

"那我们的船呢?"赫伯特问。

"哦，"彭克罗夫答道，"我们的船藏在气球港，那帮无赖不会找到它的!"

工程师的命令被立即执行了。纳布和爱尔通登上高地，采取一系列相应措施，把有人居住的一切痕迹都隐藏起来。当他们忙碌着这活儿时，他们的同伴们则到中南美剩森林边沿弄回了大量的树枝和爬藤。把花岗岩石壁上的门窗非常巧妙地遮盖住。同时，枪支弹药也准备妥当，以防受到不期的入侵时，能够先发制人。

当所有的防御措施都准备好时，赛勒斯·史密斯说：

"我的朋友们，"他显得很激动，"要是那帮恶棍想侵占林肯岛，我们就要捍卫它，不是吗?"

"没错，赛勒斯，"记者答道，"如果必要，我们将用生命来捍卫它!"

工程师伸出手来，他的伙伴们激动地紧紧将他的手握住。

只有爱尔通待在角落里，没有加入移殖民们之中。也许他，作为曾经的罪犯觉得自己还配不上这样做!

赛勒斯·史密斯知道爱尔通正在想什么。于是，他走过去问爱尔通：

"您呢，爱尔通，您准备干什么?"

"做我应该做的事。"爱尔通答道。

此时是下午7点半。太阳已经消失在"花岗石宫"后面大约20分钟了，东边的天空逐渐地暗下来。然而，那艘双桅横帆船，这时，距离那里连8海里都不到了，再准确地说，它已经到达了眺望岗附近。因为，那船已经开始利用涨潮的海浪，长驱直入海岛的北部。就现在这样的距离，甚至能够说，它已经进入了那片广阔的海湾了，因为从爪形海角到颁骨角之间拉一条直线，刚好落在船的右舷的后半部。

那双桅横帆船准备深入到海湾里吗？这是首先需要弄清楚的。进入海湾后，它就立即会在那里抛锚吗？难道它仅仅是为了观察海岛沿岸，其船员不上岸就会返回大海吗？一会儿大伙就会知道答案了。而现在需要做的就只能是耐心地等待。

赛勒斯·史密斯十分忧虑地密切注视着那艘竖着黑旗的可疑船只。难道那艘船对于他和同伴们长期以来顺利开展的工作不会造成直接的威胁吗？既然那些海盗在这里航行时悬挂起自己的旗帜，那他们是否曾经来过这个海岛呢？直到现在海岛上存在着一些让人捉摸不透的现象，这和他们曾入侵过这里有联系吗？那些岛上还没有被勘探过的地区，是否会有他们的同党准备和他们里应外合呢？

赛勒斯·史密斯静静地思考着所有这些问题，然而却无法得到答案。然而他感觉到那双桅横帆船的到来，将会对移民地造成严重的威胁。

可是，他和同伴们已经下定决心抵抗到底。然而，相比移殖民们，那些海盗是否在人数上占优势呢，装备上是否比移殖民们的精良呢？这是非常有必要弄清楚的问题！然而如何靠近他们呢？

此时夜幕来临了，新月在斜射的太阳光中消失了。黑压压的乌云堆积在天际边，丝毫光线也透不过来。随着暮色降临，风也完全停了。那艘船的灯光全部熄灭了，船上什么也看不到，那艘船还在海岛的视线范围以内，然而大伙却连它具体在什么位置也不知道。

“嘿！谁知道呢？”这时彭克罗夫说，“可能那艘该死的船夜里会走掉呢，明天一早它就会消失了呢？”

话音刚落，海上闪过一道强烈的亮光，然后就听到一声炮响，回应了水手的问题。

那艘船毫无疑问还在那里，而且船上还配备有几门大炮呢。

因此，那双桅横帆船距海岸现在或许只有 1.25 海里。

与此同时，大伙还听到铁链穿过链孔放下来的吱吱嘎嘎的响声。那艘船刚刚在这里抛锚了！

四

海盗们的意图太明显了。他们抛锚的地方离海岛很近，很明显，他们准备第二天用小艇在海岸边登陆。

赛勒斯·史密斯和他的同伴们已经准备好随时采取行动，他们还必须得谨慎行事。要是海盗们登陆后不深入海岛内部的话，那移殖民们可能还不会暴露出他们的存在。实际上，海盗们要是到感恩河补充些淡水，那建在离河口有 1.5 海里的桥梁和“石窟”的工场是绝不会逃过他们的视线的。

可是，为什么那艘双桅横帆船的斜桁上挂起那面旗子呢？为什么在开炮呢？要是不是表示占领，那或许纯粹是为了炫耀！然而，林肯岛上的移殖民们靠什么来反击海盗们的大炮呢？只有几条枪而已。

“不管怎样，”赛勒斯·史密斯指出，“我们在这里谁也进不来。芦苇和杂草现在已将通道出口伪装起来，敌人是不可能发现的，因此，他们不可能攻进‘花岗石宫’来。”

“然而我们的家禽饲养场、菜园、牲畜栏，以及其他的一切，又该怎么办呢!”彭克罗夫跺着脚嚷道，“只需几个小时，他们就会把那一切糟蹋、毁灭掉的!”

“他们会把那全毁了的，彭克罗夫，”赛勒斯·史密斯答道，“然而我们现在没有办法啊。”

“我们不知道他们有多少人，”这时记者说，“要是他们只有一打左右，我们就能够把他们抓起来。可是，如果 40 个，50 个，可能还更多……”

“史密斯先生，”这时爱尔通对工程师说，“您能不能够允许我做一件事?”

“什么事?”

“到那条船上去侦察一下人员力量。”

“可是，爱尔通……”工程师犹豫不决地答道，“这样做非常危险……”

“为什么不呢，先生?”

“这个不是您的义务。”

“这就是我想做的，”爱尔通答道。

“您准备坐独木舟到那艘船上吗?”吉丁·史佩莱问。

“不，先生，我泅水去，潜过去更加方便。”

“你可知道，那双桅横帆船离海岸有1.25海里之遥啊!”赫伯特说。

“我是一个游泳健将。”

“我告诉您，这有生命危险的。”工程师应道。

“没关系，”爱尔通答道，“赛勒斯先生，我请求您允许。这可能是我悔过自新的一个方法!”

“去吧，爱尔通。”工程师答道，他深感拒绝会使这个老罪犯痛苦的。

“我陪您去。”彭克罗夫说。

“您这是不相信我!”爱尔通马上答道。

然后，他更自卑地叹了口气：“唉!”

“不! 不!”工程师动情地接着说，“不，爱尔通! 彭克罗夫是非常信任您的! 您误解他的话了。”

“的确如此，”水手答道，“我建议只陪着爱尔通走到小岛边。因为或许有一个坏蛋已经下了船，尽管这种可能性很小，然而要真发生这种情况，我们俩就能够阻止他通风报信。我将在小岛上等待爱尔通，让他一个人单独到那船上去，既然他提出要这么做!”

事情就这样确定了下来，爱尔通做好出发前的一些准备工作。黑夜的掩护下，他是有可能获得成功的。一到船边，爱尔通就能够抓住船的绳缆或铁链爬到船上侦察船上的人数，甚至有可能窃听到罪犯们的企图。

于是，爱尔通和彭克罗夫在伙伴们的陪同下，来到海岸。爱尔通将衣服脱下，在身上抹上一层油，以尽可能不被目前还很冰冷的海水冻伤，他要在海水里呆上好长一段时间呢?

此时，彭克罗夫和纳布去寻找那艘搁在不远处的感恩河河岸上的独木舟。当他们回来时，爱尔通已经准备好要上路了。

爱尔通的肩膀上披着一件衣服，移殖民们都走过来与他握手。

然后，爱尔通和彭克罗夫登上了独木舟。此时是晚上 10 点半，他们两个消失在黑暗中。他们的伙伴们则回去耐心地等着他们。

那独木舟轻捷地通过了海峡，然后在对面小岛的岸边停了下来，经过观察后，似乎能够确定那小岛上现在是没人的，于是，彭克罗夫跟在爱尔通后面，快速地穿过小岛，以至于惊起了在石洞里栖息的飞鸟。然后，爱尔通迅速地跳进海里，朝着那艘船停泊的方向游去。这时，船上刚刚亮起几处灯光，正好暴露出它所在的确切位置。

至于彭克罗夫，他则躲在岸上的一处乱石堆里，等待着爱尔通回来。

此刻，爱尔通奋力向前游去，游过这片海域，连一点最轻微的响声也没有发出来。他仅仅是把头露出水面，双眼密切注视着那艘双桅横帆船昏暗的影子，此时此刻，爱尔通心里只是思考如何更好地完成他已经承担下来的任务，而以至于把自己的生命置之度外——那危险不仅存在于那艘船上，而且还存在于这一带鲨鱼经常出没的海域里。因为顺着海流，他迅速地游离了海岸。

半个小时后，爱尔通悄悄地在水里穿行，游到那艘船边。他一手抓住船的艏斜桅支索。此时，他喘了口气，然后就顺着绳索往上攀，他爬到了船首斜桅托板的一端。那里晾着几条水手的短裤，他穿上了其中的一条，然后，站稳脚跟，倾听着船上有什么动静。

那双桅横帆船上的人还没有睡觉。恰恰相反，有的人在谈话，有的人在唱歌，有的人在嬉笑。在嬉闹调骂声中，下面这几句话使爱尔通感到非常震惊：

"我们弄来的这艘双桅横帆船太棒了！"

"'奋进号'！可真是名符其实！"

"所有的若乎科船只只能尾随着它！跟在后面跑！"

"包波·哈威万岁！"

"船长万岁！"

这个包波·哈威，爱尔通认出他是他过去的一个同伙。此人是一个胆大妄为的水手，现在还继续从事着他的罪恶勾当。虽然爱尔通只听到这场谈话的只言片语，可是他心里是多么的难受啊。包波·哈威在若孚科岛水域上抢走了这只双桅横帆船，船上当时装载着武器、弹药、器皿和各种各样的工具，将运往三明治群岛的一个岛屿。然后，这帮恶棍从罪犯摇身一变，成为海盗，常常在太平洋上抢劫，毁坏过往船只，屠杀船员，比马来海盗更加残忍得多!

现在这些罪犯正开怀畅饮。高声畅谈着，吹嘘着自己的“壮举”。因此，爱尔通从中了解到以下一些情况：

“奋进号”上目前的船员全都是从若孚科岛逃走的英国犯人。

这里有必要介绍一下若孚科岛的情况。

在澳大利亚东部，东经165.42°、南纬29.2°的地方，有一个周长6里的小岛，海拔高度1100英尺的毕特山就位于这个岛上，这个岛正是涝福克岛，一处监狱的所在地。这里关押着500名英国苦役监狱中最顽固不化的犯人。他们受到酷刑的严惩，严格的纪律约束，接受一个总督的150名士兵和150名监狱职员的看管。真是想不到还有比他们更坏的歹徒聚到一起了。有时虽然这样的情况出现可能很小，虽然他们是严厉监管的对象，然而仍有不少犯人通过突袭抢走船只，终于逃离了监狱。接着，他们就会跑遍各群岛胡作非为。

这个包波·哈威和他的同伴正是干了这样的勾当，也就是爱尔通以前想干的。他抢夺了停泊在若孚科岛水域的“奋进号”，把船上的船员全部杀光，而在后一年，这艘船变成了海盗船，在哈威以前的船长爱尔通知道他的底细的指挥下，在太平洋各海区游荡衅事!

这些罪犯大部分聚在船后部的艉楼，然而也有几个躺在甲板上大声聊着天。

谈话一直在叫喊声中和酒杯的咣当声中继续着，他们的谈话中说到，“奋进号”仅仅是偶然来到林肯岛水域。包波·哈威还从未来过这一带海域。正如赛勒斯·史密斯预测的那样，他在沿途发现了这块任何地图上都没有标明其位置的陌生的陆地，便想上去看看情况，而且要是适合的话，在必要时，就把它作为双桅横帆船的船籍港。

至于“奋进号”船只斜桁上悬挂的黑旗和模仿军舰降旗鸣放礼炮，

这完全是海盗的炫耀行为，而根本不是什么信号。因此，若孚科岛的逃犯们和林肯岛之间并没有什么关系。

因此，移殖民们的领地面临着严重的危险。很明显，海岛具有的便利的淡水补给以及各种资源，对这群海盗可是再适合不过了。海岛一旦落入海盗们的手里，这里就将成为他们的一个很好的巢穴，而且正是因为它仍未被人所知，因此，可能在相当长的时间内确保他们的安全和不受惩罚。此外移殖民们的生命将不会受到尊重，包波·哈威和他的同伙首当其冲要做的就是要把海岛上的人斩尽杀绝。既然罪犯们准备在岛上居住，那赛勒斯·史密斯和他的同伴们甚至连逃跑机会都没有。然而又因为，万一“奋进号”外出打劫，或许会留下几个人镇守海岛，那么这种情况下，就必须和他们斗争，必须采用一切可能的手段把这些无恶不作的恶棍彻底消灭。

这就是爱尔通的想法，而且他深信赛勒斯·史密斯也会赞成他的看法。

可是，抵抗和最后取得胜利是否会有把握呢？这就要看这艘双桅横帆船的武器装备和船上的具体人数了。

而这正是爱尔通决心不管怎样都必须要弄清楚的问题。因此他上船了。一个小时后，船上的喧闹开始渐渐平息下来，而且不少罪犯都已经烂醉如泥，于是爱尔通就冒险爬上“奋进号”的甲板。此时，船上的灯火已经熄灭，船上一片漆黑。

于是，爱尔通爬上船首斜桅托板，然后就在横七竖八地躺着的罪犯们中间穿过，在船上转了一圈。他发现“奋进号”配备有 4 门大炮，可发射每枚重量为 8 ~ 10 磅的炮弹。爱尔通用手摸着这些大炮，甚至知道了这些炮都是后膛炮。如此看来，这些是新型的大炮，操作简单而又威力巨大。

至于那些躺在甲板上的人，有 10 个左右，然而更多的人则睡在船舱内。再说，通过偷听他们的谈话，爱尔通估计船上或许有 50 人。对于林肯岛的 6 个移殖民来说，差距太大！然而总之，幸好有爱尔通的一片赤胆忠心，赛勒斯·史密斯将不会措手不及。他会针对情况做出相应部署。

因此，爱尔通此时只需撤回去，然后向他的同伴们汇报他已经完成的任务。所以他准备走回船头，滑到海里去。

然而就在此时，在这个想做超出他的义务以外的事的汉子的脑海中，产生了一个英勇无比的念头，就是用自己的生命，来挽救海岛和移殖民们。很明显，海岛居民是打不过这50来名装备精良的匪徒的，他们不管是采用强攻，还是用围困攻进“花岗石宫”，总之他们肯定会占有优势。此时此刻，爱尔通再次想起了他的救命恩人，那些使他脱胎换骨并把他重新塑造成一个正直的人的人们，他们的劳动成果将被破坏殆尽，他们将惨遭这些海盗无情的杀戮，而他们的海岛也将变成海盗的巢穴！

爱尔通思索着，他，爱尔通，是这么多灾难的罪魁祸首，因为他的老同伙，包波·哈威只是在实现他爱尔通过去想要完成的阴谋。一想到这里，他就心惊胆寒，因此，他产生了一种无法控制的念头，把这艘双桅横帆船连船带人一起炸掉。他爱尔通本人也将会在爆炸中死去，然而他总算也尽了自己的职责。

爱尔通毫不迟疑。想找到火药库并不难，它通常设在船的后部。对于一艘干这种勾当的船来说，火药肯定是非常充足的，而且只需一颗火药，就能顷刻间使船烟消殆尽。

爱尔通小心翼翼地溜进中舱，里面到处躺着睡着的海盗，这些人喝得烂醉如泥。在船的主桅下点着一盏手提灯，枪架上面摆放着各式各样枪支武器。

爱尔通从枪架上拿下一枝手枪，摆弄了一下，确定枪里上了子弹，只要这样，爱尔通就能够完成他的爆炸工作了。于是，他跑到船尾，向双桅横帆船的艉楼走去，那里或许是火药库。

然而，中舱里几乎是昏暗的，如果想低着腰过去而不绊到几个半醒半醉的罪犯是很困难的事。一绊到他们，就会招来一阵谩骂和一阵拳打脚踢。所以，爱尔通不得不一再停下脚步。终于，他走到了后舱的隔板前，而且他找到了一扇门，打开的应该就是火药库。

爱尔通将计就计，着手干了起来。然而要不发出声响地完成可非常困难，因为必须要把门上的挂锁砸掉。然而在爱尔通有力的手腕中，挂锁一下子被拧断了，门打开了……

这时，一只胳膊搭到爱尔通的肩上。

“你到这里做什么？”一个身材高大的人用刺耳的声音问。他站在阴影中用灯笼的灯光照在爱尔通的脸上。

爱尔通往后一退。他认出了此人正是他原先的同伙包波·哈威，然而对方并没有认出他来，可能认为爱尔通早就死了。

“你在这干什么？”包波·哈威揪住爱尔通的裤腰说。

然而爱尔通并没有回答他，而是奋力推开这个罪犯头目，试图冲进火药库里。只要用手枪往火药桶中开一枪，一切都会结束了！

“伙计们，快来啊！”包波·哈威已经喊开了。

两三个海盗被喊醒了，于是他们跳了起来，向爱尔通扑过去，想要把他按倒在地。身强力壮的爱尔通从他们的包围中挣脱出来，一连开了两枪，两个罪犯倒了下去，然而他肩膀上也挨了一刀。

爱尔通知道实现不了自己的计划了。包波·哈威已经把火药库的门重新关上，然后他跑到中舱里弄出响声来，想把所有的海盗都叫醒。此时，爱尔通只能逃走，为了帮助赛勒斯·史密斯同这群海盗战斗，他必须保存自己！

可是，现在逃跑还来得及吗？这还说不好，尽管爱尔通决心无论如何都要回到他的伙伴们中去。

他的枪里还有四颗子弹。这时又开了两枪，其中一枪朝包波·哈威打去，没把他打死，然而至少把他打成重伤。爱尔通趁着敌人慌乱，冲向油布船梯，向双桅横帆船的甲板上爬去。冲过手提灯前时，他用枪托把灯打碎，瞬间四周又是一片漆黑，这为他的逃跑提供了有利的条件。

就在这个时候，两三个海盗被吵醒了，跑下了扶梯。爱尔通第五枪撂倒了阶梯下的一个，其余的还不知道发生什么事就通通溜走了。爱尔通两步就跨到了双桅横帆船的甲板，他把最后一发子弹打在一个刚刚掐住他咽喉的海盗的脸上，接着就跳进了海里。

在爱尔通还游不出六海里的时候，子弹就像冰雹似的落在他的周围。

当听到双桅横帆船上响起了枪声时，蹲在“石窟”里的赛勒斯·史密斯、记者、赫伯特以及纳布和躲在小岛的一块岩石下的彭克罗夫，他们心里不用提有多紧张了！他们立即扛着枪冲到沙滩上，准备击退所有的侵犯。

爱尔通一定是被海盗杀害了，那帮恶棍可能还会趁着黑夜在岛上实施登陆！对于移殖民们来说，这是确定无疑的！

他们心急如焚地等了半个小时。可是，枪声已经停了，可爱尔通和彭克罗夫都还没回来。这么说，小岛已经被侵占了？要不要现在去救爱尔通和彭克罗夫呢？然而这时大海正涨潮，海峡是过不去的。此外，独木舟也不在这边！赛勒斯·史密斯和他的同伴们多么地心焦如焚啊！

终于，快到零点30分时，独木舟在海滩上靠岸了。那是肩膀受了点轻伤的爱尔通和安然无恙的彭克罗夫，他们的朋友向他们张开了双臂。

大伙马上躲进“石窟”里。在那里，爱尔通描述了刚发生的事情，而且也没有丝毫隐瞒地说出他试图炸毁那艘双桅横帆船的计划。

所有的手都向爱尔通伸出来。爱尔通说出了移殖民们的现在处境是非常危险的。海盗们已经警惕起来。他们知道林肯岛上有人了。他们将会全副武装，全体出动疯狂搜寻。要是移殖民们落入他们手里，那可别指望得到任何怜悯！

“那好，我们将视死如归！”记者说。

“我们必须加强戒备。”工程师答道。

“赛勒斯先生，我们有希望取胜吗？”水手问。

“有的，彭克罗夫。”

“唔！6对50呀！”

“没错！1对6个！不包括……”

“那么，还有谁？”彭克罗夫问。

赛勒斯没有回答，只是用手指了指天上。

五

这一夜就这么过去了。移殖民们保持着高度警惕，而且没离开过“石窟”阵地。海盗那边呢，也仿佛没有任何登陆的意图。自从最后那阵朝爱尔通的射击后，就再也没有听见一声枪响，听不见一点声音，说明那双桅横帆船就在海岛附近海域，大伙还认为它害怕与过于强大对手交战，早已起锚离开这片海区。

其实不然，当天开始朦胧亮时，移殖民们模模糊糊地看见了清晨的薄雾中有一团模糊不清的东西。那正是“奋进号”船只。

“喏，朋友们，”这时工程师说，“我觉得现在非常适合做一些事，在这层雾完全散开之前，我们能躲过海盗们的眼睛，目前尤其重要的是，得让海盗们相信岛上现在住着很多人，有足够强的能力抵抗他们。因此，我提议我们须分成三组布防，第一组就在‘石窟’这里把守，第二组在感恩河河口。至于第三组，我认为最好布在小岛上，以便阻止，至少能够延迟海盗的任何登陆行动。

现在我们有 4 支步枪和 2 支卡宾枪可用。因此，我们每人都会有武器，我们有充足的火药和子弹，因此大伙就不必吝惜枪弹。我们不害怕他们的步枪，甚至也不害怕那双桅横帆船上的大炮。它们对这些岩石能起什么作用？而且，我们不要从‘花岗石宫’的窗户开枪，海盗们就不会想到往那里发射炮弹，而彻底炸掉花岗石宫。罪犯人多势众，我们担心的是最后可能不得不进行肉搏战。因此，必须要阻止他们的一切登陆行动，同时隐藏自己。那么，大家就不必节省弹药。要多放枪，并且要打得准。我们每个人都要努力杀死 8 ~ 10 个敌人，而且一定要消灭他们！”

赛勒斯·史密斯清晰明了地分析了目前的形势，他讲话时完全镇定自若，他的同伴们甚至毫无异议地赞同这些安排。那么，接下来就是在雾霭完全散开之前，每个人要各就各位。

纳布和彭克罗夫立即爬上“花岗石宫”，拿来充足的弹药。吉丁·史佩莱和爱尔通的武器是两支精确度很高而射程范围将近一英里的卡宾枪。其他人则使用其他 4 支步枪。

以下是各个阵地的组成情况。

赛勒斯·史密斯和赫伯特埋伏在“石窟”附近，这样，他们就居高临下控制着“花岗石宫”脚下一片范围很大的海滩。

吉丁·史佩莱和纳布将蹲在感恩河，河上的呆桥和涵洞全都被拉了起来位于河口的岩石堆中，以阻止任何快艇渡河的企图，甚至阻止一切企图在河对岸的登陆行动。

爱尔通和彭克罗夫把独木舟推进水中，然后穿过海峡到小岛上分别占据一个据点。如此一来，枪声从 4 个不同的方向响起，这将给罪犯们造成一种错觉：海岛上有足够多人力的严密防范。

万一爱尔通和彭克罗夫无法阻挡海盗们登陆，在将要被切断退路时，爱尔通和彭克罗夫就必须乘独木舟退回海岸上，并且占据海岛上最有威胁性的地方。

在出发之前，移殖民们最后彼此握了手。当彭克罗夫拥抱住赫伯特时，他努力地克制住了自己的情感：赫伯特，他的孩子啊！……然后，他们就分头行动。

不一会儿，记者和纳布从一边，赛勒斯·史密斯和赫伯特从另一边消失在岩石堆后面。而 5 分钟后，爱尔通和彭克罗夫则顺利地通过海峡，登上小岛，然后，他们藏进东岸的乱石堆中。他们中谁也没被那双桅横帆船上的海盗察觉，因为移殖民们自己也十分勉强地在晨雾中望到那艘双桅横帆船。

这时是清晨 6 点半。

过了一会儿，天空上层的雾霭逐渐地散开，那双桅横帆船的主桅杆顶在雾气中显露了出来。再过一会儿，一阵微风吹过，很快地吹散了这团雾气。

“奋进号”完全露出来了。它是由两个铁锚固定的，左舷后半部对着海岛这一边。就像赛勒斯·史密斯估计的一样，它距离海岸只不过1.25海里的距离。

黑色的旗帜在船上飘扬。工程师用望远镜能够望到，那4门作为主要火力的大炮已经对准了海岸这边。很明显，只要一声令下，大炮就会开火。

可是，船上仍没有丝毫动静。30来个海盗在甲板上来回走动。有几个登上了艉楼；另外两个靠在主桅护栏上，用望远镜正十分仔细地观察着海岛这边。

显而易见，包波·哈威及其同伙不清楚昨晚在双桅横帆船上发生了的一切。那个光着上身的汉子强行打开火药库的门，并且与他们进行了搏斗，打死了一人，打伤了两人，而那条汉子有没有躲过他们的枪弹呢？他能逃走吗？他从哪里来的？他到船上来干什么？难道正如包波·哈威想象的那样，他的意图真是想炸毁这艘船？匪徒们都弄不明白到底怎么回事。然而他们能够确定的是，这个没有被人所知的海岛在“奋进号”抛锚前就有人居住着；而且，可能那边全体的居民都准备好保卫它呢。可是，海滩上，高地上，都不见人影。海岸上完全见不到人，总之，看不到一处房屋。如此说来，居民们已经逃进岛内了？

海盗头目可能正这么想着，同时，谨慎起见，他或许会在整帮匪徒侵占海岛前先熟悉它的地理形势。

那双桅横帆船上既没有进攻也没有登陆的企图。显然包波·哈威在内的那群海盗都正在犹豫着，他那最好的望远镜，无疑也不能使他望到埋伏在岩石丛中的一个移殖民。甚至他都不可能注意到那块隐蔽着的“花岗石宫”的窗户，的确，他怎么会想象得到，在那样的高度上，那巨大的石壁中竟然是一座房子？合众国湾的整个海区上，也没有显露出任何蛛丝马迹让包波·哈威知道这海岛上有人或者可能有人。

到了8点的时候，移殖民们注意到“奋进号”船上有所行动。有人拉动运小船的滑轮车，没过一会儿一艘小船放进了海里。7个人下到小船中，他们手里拿着步枪，一个掌着舵，4个握着桨，而另两个蹲在船头观察着岛上的情况，准备随时开枪。毫无疑问，他们是探路，而不是登陆，因为如果他们想要登陆的话，他们会倾巢而出的。

这时，高站在那双桅横帆船的桅杆到顶桅护栏里的海盗，肯定能够望到在海岸的前面有一个小岛屿，而且小岛与海岸之间隔着一条约半海里宽的海峡。然而没多久，赛勒斯·史密斯通过观察那小船的航向，确定它是想在小岛登陆，而不是想先开进那条海峡。这说明了海盗们采取了相当谨慎的措施。

爱尔通和彭克罗夫藏在狭窄的乱石缝里，看到那只小船径直朝他们驶了过来。因此他们静静等待着它进入射程范围内。

那条船非常小心地地前进着，坐在船首的一个匪徒手里拿着一根探测线，试图测量出这条被感恩河冲陷的海峡的深度。这说明包波·哈威想要把他的双桅横帆船尽可能地往岸边靠。其余散站在双桅横帆船的桅帆索具间的海盗则目不转睛地盯着那小船的一举一动，并记下一些能够帮助他们安全靠岸的助航标志。

那小船距离小岛不到两链时，停了下来。那掌舵的人站了起来，寻找着靠岸的最佳地点。

就在此时，两声枪响，岩石丛中升起一小股枪烟。掌舵人和测量员纷纷应声仰倒在小艇里。彭克罗夫和爱尔通的子弹分别同时击中那两个人。

几乎与此同时，传来一声更响的爆炸声，一颗炮弹打中了爱尔通和彭克罗夫隐蔽的岩石堆上部，把岩石炸得满天飞，然而两个射手毫发无损。

小船上的人破口大骂。舵手的位置很快被另外一个人接替，桨再次被插入水中。不一会儿，小船又开动了。

可是，出乎人意料的是，那小船不是要调头开回船上，而是准备绕过小岛的南端。海盗们拼命地划动船桨，以避开子弹的射击。

他们就这样前进到距海岸凹进处 5 链的地方，然后，他们绕了一个半圆形，依然在双桅横帆船的炮火掩护下，朝感恩河河口逼近。

海盗的意图很明显，想这样进入海峡，然后包抄守在小岛上的移殖民，使他们处在小船和双桅横桅船火力夹攻下的非常不利的境地。

小船就这样朝这个方向前进了一刻钟。这期间四周突然完全寂静，水面和空中都安静了。

尽管爱尔通和彭克罗夫都明白自己有被包抄的危险，然而他们并没有立即离开岗位，可能他们还不想在进攻的敌人和“奋进号”的炮火面前暴露自己的位置；或许他们信任守在感恩河河口的纳布和史佩莱，还有埋伏在“石窟”岩石堆里的赛勒斯·史密斯和赫伯特。

20 分钟后，小船来到了距感恩河不到两链的地方。此时因为大海开始涨潮，狭窄的峡谷使水流和平常一样湍急汹涌。匪徒们的船都快被水冲到河口去，他们只能拼命地划动船桨，才得以让船保持在海峡中间。然而当他们正好进入感恩河河口的射程范围内时，突然飞出了两发子弹，他们中两个人又被撂倒在小船中。纳布和史佩莱都弹无虚发。

很快，那双桅横帆船又朝弥漫着火药烟雾的地方发射了第二发炮弹，然而并没起到作用，几块岩石的尖角被炸掉了。

这时，小船上只有 3 个能够作战的人。在海流的推动下，小艇如箭一般迅速冲进海峡中，在赛勒斯·史密斯和赫伯特面前穿过，他们并没有开枪因为不在射程之内。然后，小船在仅存的两个船桨推动下，绕过小岛的北端，又回到双桅横帆船那里。

到目前为止，吃亏的可是他们的敌人。他们已经有 4 个人受了重伤，可能死了，而移殖民们没人受伤而且没浪费子弹。要是海盗们继续以这种方法攻打移殖民们，而且还用小船来实施他们的登陆企图的话，那他们或许会一个接连一个地被消灭掉。

所有人都认为，工程师采用的部署是非常英明的。海盗们或许会认为他们正与人数众多而且装备精良的对手交锋，很难得手呢。

在逆流中挣扎的小船，半个小时后才划到“奋进号”旁边，到处是鬼哭狼嚎的声音，接着船上又漫无目的地开了三四响炮。

然而此时，另外的匪徒，由于昨晚的狂饮，可能还由于气愤，大约有 12 个人摇摇晃晃地跳进了一艘小船中。与此同时第二艘小船也放进了海里，里面坐着 8 个人。当第一艘小船朝小岛又冲过来，企图把小岛上的移殖民赶出来时，第二艘则准备强行夺取感恩河入口。

显然，目前的形势对彭克罗夫和爱尔通来说是十分严峻的。于是他们决定是回到本岛的时候了。

可是，他们还是先等待第一艘小船进入射程范围内；机敏地放了两枪，然后，彭克罗夫和爱尔通才撤离自己的岗位。他们冒着被射中的危险迅速地穿过小岛，跳进独木舟中，在第二艘小船刚好到达小岛南端时穿过了海峡，然后跑过去蹲在“石窟”附近。

他们刚和赛勒斯·史密斯及赫伯特会合，小岛就被侵占了。

几乎与此同时，感恩河阵地上传来了枪声，第二艘小船飞快地靠近河口。船上的8个人正准备要上岸，其中两个人被吉丁·史佩莱和纳布击中了要害，那艘小船已失去了控制，一头撞在礁石上撞个粉碎。然而那6个生还者则把枪举过头上，徒步走到了河流的右岸。然后，他们发觉自己暴露在离阵地的火力点很近的地方，于是拔腿就朝遗物岬方向逃窜，逃到子弹射程范围外。

那么，现在的情形是：在小岛上，有12个匪徒，其中好几个肯定受了伤，然而他们有一艘小船在手；在海岛上，有6个登陆的匪徒，然而他们无法渡过吊桥已经被拉了起来的河流，他们不会到达“花岗石宫”。

“行啊！”彭克罗夫冲进“石窟”时说，“行啊，赛勒斯先生！您怎么计划的啊？”

“我的计划是，”工程师答道，“战斗需要采取一种新的方式。因为我们不能设想那些匪徒会蠢到那种地步，还会继续呆在如此对他们不利的处境中！”

“他们渡不过海峡的，”水手说，“爱尔通和史佩莱先生会埋伏在那里阻止他们渡海的。您知道的啦，卡宾枪的射程超过一英里的！”

“或许吧，”赫伯特说，“然而两只卡宾枪如何抵挡得住双桅横帆船上的大炮呢？”

“哎！那艘双桅横帆船还没到海峡里呢！”彭克罗夫答道。“要是它过来呢？”赛勒斯·史密斯说。

“不可能的，过来有搁浅和沉没的危险！”

“是有可能开过来的，”这时爱尔通答道，“匪徒们能够利用涨潮进入海峡里，然后在退潮前离开，如果这样我们的阵地就会完蛋了。”

“真他妈的见鬼！”彭克罗夫大声嚷着，“的确，那帮恶棍似乎准备起锚了。”

“可能我们被迫躲进‘花岗石宫’里呢？”赫伯特指出。

“再等等吧！”赛勒斯·史密斯应道。

“可是史佩莱先生和纳布呢？”彭克罗夫说。

“他们会及时与我们会合的。爱尔通，做好充分准备，现在是您和史佩莱的卡宾枪‘发挥’的时候了。”

一点没错！“奋进号”船只开始起锚，准备向小岛靠近。在一个半小时里，海水应该还会上涨的，海上的情况变得十分有利于那艘双桅横帆船行驶。然而对于这一看法，彭克罗夫与爱尔通产生了分歧，相反，他认为那艘双桅横帆船是绝不敢冒这个险的。

在这期间，占领了小岛的海盗逐渐地逼近了海岸，目前他们与海岛之间仅仅一条海峡之隔。由于他们手里只有步枪，所以对在感恩河河口和石窟埋伏的移殖民不会造成任何威胁。可是，海盗们并不知道对手装备着射程远的卡宾枪，因此他们也不认为自己已经暴露在火力圈内。于是，他们毫无戒备地在沿岸跑来跑去。

海盗们的错觉很快就毁灭了。这时，爱尔通和吉丁·史佩莱的卡宾枪“发言”了，毫无疑问他们俩的枪法使不毫无戒备的那两个人瞬间仰面倒了下去。

海盗在溃退，另外10个海盗甚至来不及顾上死伤不明的同伙，就仓皇地逃到小岛的另一边海岸，跳进上岛来时用的小船，然后，就拼命地向那艘双桅横帆船划去。

“少了8个！”彭克罗夫喊道，“说真的，就像约好似的，史佩莱先生和爱尔通，竟然同时开了枪！”

“先生们，”爱尔通一边把子弹推上枪膛，一边说，“情况不妙，那艘双桅横帆船要开船了！”

“它正在起锚呢！”彭克罗夫喊道。

“没错，它已经开动了。”

果然，所有人清晰地听到，随着那艘双桅横帆船上机关的转动，一开始，“奋进号”被锚扯住，然而当锚完全拉起来时，船就开始向海岛这边开过来。并且海风此时也起来了，那艘船张起三角帆和前桅帆，渐渐地向岸边靠近。

隐蔽在感恩河和“石窟”阵地的人十分紧张地注视着那船的一举一

动，心情非常紧张。等到移殖民们在如此短距离内暴露在那双桅横帆船的炮火下，而且他们又没有有效的办法还击时，他们的处境将会糟糕透了。那么现在如何才能阻止海盗们登陆呢？

赛勒斯·史密斯正在思考着相应对策。时间要求他必须立即就得拿定主意。然而该怎么办呢？既然目前有充足的储粮，是否就撤进“花岗石宫”，在围困中坚守几个星期，甚至几个月呢？现在这样做当然行！然而以后该怎么办呢？海盗们照样能够占领海岛，进行疯狂地破坏而且随着时间的推移，他们最终战胜困守在“花岗石宫”里的人。

可是，目前仍有一丝幸运：就是包波·哈威不敢拿他的船冒险，而只把船停留在小岛外围。如果这样的话，船离海岸还有半海里，在这段距离内，它的炮弹就不可能有太大的破坏力。

“绝对不会的，”彭克罗夫一再说，“既然这个包波·哈威经验老到，他绝不会轻易进入海峡的！他深知一旦海面情况稍为恶劣，他的双桅横帆船就会立即报销！没有船，他什么也干不了。”

可是，那艘双桅横帆船已渐渐逼近了小岛，它正企图朝岛的下端开去。由于这时海潮的冲力也大大减弱，包波·哈威此时完全能够随心所欲地操纵着他的船只。

船一如既往的往里面开，那些小船刚才走过的航线使双桅横帆船上的人已经对这条海峡十分熟悉了，它的意图再明显不过了：它准备在“石窟”前抛锚，然后从那里用炮弹回敬他们。

不一会儿“奋进号”就顺利地绕过了小岛，这时，船的后帆也扯了起来，于是那艘双桅横帆船顺着风，来到了感恩河附近。

“那帮匪徒居然真的来了！”彭克罗夫喊道。

此刻，吉丁·史佩莱和纳布再也无法阻止那艘船，确定该放弃感恩河阵地了，他们明智而又果断地采取了行动，赶去与赛勒斯·史密斯、爱尔通、彭克罗夫和赫伯特会合。吉丁·史佩莱和纳布穿行在岩石后面，躲过枪林弹雨，毫发无损地到达了“石窟”。在必须采取决定性行动之前，移殖民们能聚合到一起是再好不过了。

“纳布！史佩莱！”工程师喊道，“你们没受伤吧？”

“没有！”记者答道，“只是被飞弹擦破了点皮！然而那艘该死的船驶进海峡了！”

“是啊！”彭克罗夫应道，“再等10分钟，它就会停在‘花岗石宫’前了！”

“您有办法吗，赛勒斯？”记者问。

“趁着现在还有时间而且匪徒们还没发现我们，我们得躲进‘花岗石宫’里。”

“我也这么想，”吉丁·史佩莱答道，“然而一旦躲进去……”

“我们再见机行事吧。”工程师答道。

“那出发吧，快点！”记者说。

“您不想让我和爱尔通留在这里吗，赛勒斯先生？”水手问。

“留这还有什么用，彭克罗夫？”赛勒斯·史密斯答道，“不行，我们决不能分开！”

移殖民们撤离了“石窟”。有一处岩石的凸角使他们没有暴露在双桅横帆船上的人视野之内。然而两三声枪响和炮弹的轰隆声使他们清楚“奋进号”离他们很近。

很快，大伙便冲进升降器里，升到“花岗石宫”，托普和杰普从前一天晚上便一直被关在里面。

移殖民们回来得很巧，因为透过树枝，他们望见了“奋进号”乘着烟雾驶进了海峡。移殖民们甚至不得不躲到一旁，因为船上的炮火射击依然是不断继续的，那四门大炮的炮弹还是盲目地轰击着那两处地方。岩石都被轰碎了，每一声炮弹声之后都能够听见海盗们的一阵欢呼声。

大伙都为赛勒斯·史密斯的先见之明感到庆幸，提前想到应付的办法，把“花岗石宫”的窗户隐蔽起来，使“花岗石宫”可幸免于难。可是这时，一发炮弹擦过门洞，落入了走廊里。

“他妈的！我们难道被发现了？”彭克罗夫嚷道。可能匪徒们并没发现移殖民，然而包波·哈威一定已经觉得这些伪装着这部分陡壁的树叶可疑，所以发射了一枚炮弹穿透过来。几乎同时，炮声又响起，当炮弹轰开了那片树叶窗帘，一个巨大的洞口在花岗岩石壁上显露出来了。

移殖民们的庇护所被发现了。他们无路可逃了，他们既没有办法阻拦那些枪弹，又没有对策躲避炮弹轰击下在他们四周横飞的碎石，就只能藏身于“花岗石宫”的上层过道里，任由花岗石宫被海盗们狂轰滥炸。就在这个时候，猛得听见一声沉闷的声响，接着是一片悲惨的叫喊声！

赛勒斯·史密斯和他的同伴们急忙朝一扇窗户跑去……

只见那艘双桅横帆船被一股威力巨大液体旋流顶了起来，断成了两截，而后不到10秒钟它就沉没了！

六

“船炸了！”赫伯特喊道。

“是啊！就好比爱尔通引爆了炸药一样！”彭克罗夫边答边冲进升降器里，纳布和小伙子赫伯特也一块上了升降机。

“然而究竟怎么回事？”吉丁·史佩莱问，他还对这一意外的结局发愣。

“啊！这回我们会搞清楚的！”工程师马上答道。

“我们会搞清楚什么？”

“以后再说！来，史佩莱，重要的是那些海盗都完蛋了！”

接着，赛勒斯·史密斯、记者和爱尔通，赶到海滩上与彭克罗夫、纳布和赫伯特会合。大伙再也看不到那艘双桅横帆船的一丝影子，甚至连杆也看不见。那艘双桅横帆船被那股旋流顶起来后，就侧身翻倒，并且保持这种姿势下沉，毫无疑问是由于大量进水引起的。可是，由于在这个地点上，海峡的深度还不到20英尺，因此退潮时那艘双桅横帆船的侧边肯定会露出来。

几件沉船的遗物漂浮在海面上。大伙开始清理，发现有桅杆和备用横桁，还有一些装着几只还活着的家禽的鸡笼、几个箱子以及木桶。这些东西从舱门漂升起来，渐渐地浮出了水面。然而在这些漂流物中，没有丝毫沉船碎片，既没有甲板的木板，也没有船身的壳板——这就使“奋进号”的突然沉没变得实在令人费解。

两支在桅孔加固板上几英尺处折断的桅杆，很快浮上了海峡的水面上。桅杆上还带着船帆，有的卷着，有的张开着。然而为了避免退潮有时间把这些财富冲走，于是爱尔通和彭克罗夫跳进独木舟里，准备到小岛沿岸或海岸捞取所有的沉船遗物。

正当他们要这么做时，吉丁·史佩莱的一个问题使他们停了下来。

“那6个在感恩河右岸登陆了的匪徒呢？”他说。

确实，不能忘掉那6个本坐在小船上徒步逃到遗物岬的人。

大伙往遗物岬方向望去，并没有看到一个人。看到双桅横帆船沉没后，那6个人就逃到海岛内部了。

“晚一点，我们再去对付他们，”这时赛勒斯·史密斯说，“他们有枪，因此仍然很危险。然而现在6对6，机会是平等的。让我们先解决眼前最迫切的问题吧。”

彭克罗夫和爱尔通坐在小船里，使劲地朝那些沉船遗留物划去。

此时，大海处于平潮，然而因为月亮这几天一直是上新月，海水因此涨得很高。那么，至少要整整一个小时后，那艘双桅横帆船的船身才会最终露出海峡的水面。

于是彭克罗夫和爱尔通就有了时间用绳子把圆材和桅杆缚住，再把绳子的另一端拉到“花岗石宫”前的海滩上。移殖民们齐心协力，最终把这些沉船遗留物拉上来。然后，独木舟又把所有漂浮着的东西打捞上来，诸如鸡笼、木桶和箱子之类。

水面上也浮着几具尸体，爱尔通认出了包波·哈威，他指着哈威的尸体并激动地说：

“我曾经就是干这个的，彭克罗夫！”

“然而您不再是了，爱尔通！”水手答道。

让人感到十分奇怪的是，浮在水上的尸体很少，只能数到五六具，退潮的海水已经开始把他们冲到大海中央去了。匪徒们很可能是在突如其来的沉船中来不及逃走，很多都被压在舷墙底下了。这样，退潮将把这帮恶棍的尸体冲到大海中去，移殖民们倒能够省力而不用把尸体埋到海岛的某个角落里。

赛勒斯·史密斯和他的同伴们都在忙着把物品拉到沙滩上，然后把那些没有受损的船帆摊开来晒干。他们只顾工作很少说话，然而无疑仍然有那么多的思绪闯入了他们的脑海！拥有这艘双桅横帆船，或者更确切地说，拥有这艘船上的一切，这可真是一笔财富啊！这艘船就好像一个完整的世界，所以，移民地的材料库里将增添许多有用的东西。广泛地来说，这相当于在遗物岬处捡到的那个箱子。

“而且，”彭克罗夫想着，“为什么不可能让这艘双桅横帆船脱浅呢？要是船身只有一个窟窿，就能够把这个窟窿堵住。一艘三四百吨的船，那才是一条真正的船哪！而且我们能够通过它到达我们想去的任何地方！赛勒斯先生、爱尔通和我，我们得认真地检查一番！”

毫无疑问，如果这艘双桅横帆船还能航行的话，林肯岛上的移殖民就会有很大机会返回祖国。可是，要确定这个可能性有多大，最好还是等到潮水完全退去了。

遗留物被全部安全地放在海滩上后，赛勒斯·史密斯和他的同伴们约定先花几分钟吃了午饭再讨论此事。他们都快饿坏了，好在食品储藏室离得并不远，加上纳布手脚迅速。于是，大伙就在“石窟”附近吃饭。在吃饭过程中，很自然他们不约而同地谈到这件如此奇迹般地拯救了移民地的意外事件。

“这只能说是个奇迹，”彭克罗夫一再说，“不得不承认，那些恶棍被炸得真是时候啊！当时花岗石宫处境非常危险！”

“彭克罗夫，为什么会这样？”记者问，“您认为双桅横帆船的这次爆炸是谁引起的呢？”

“嘿！史佩莱先生，这很简单，”彭克罗夫答道，“一艘海盗船可不像一艘战船那样管理得井然有序！他们不停地炮轰我们，船上的火药库一定是打开着，匪徒也不完全是水手，所以，只要出现一个粗枝大叶或笨手笨脚的人，就会把这玩意炸飞的！”

“赛勒斯先生，我感到无比惊讶的是，”赫伯特说，“爆炸并没产生更大的影响。爆炸声也不大，总之，只有少量的碎片和船壳板。看来这艘船是撞沉的，不像是被炸炸沉的。”

“你对这件事吃惊吗，我的孩子？”工程师问道。

“没错，赛勒斯先生。”

“我也是，赫伯特，”工程师答道，“这也使我感到同样吃惊。然而等我们检查那艘船的船壳时，我们才有可能得到答案。”

“竟然是这样的！赛勒斯先生，”彭克罗夫说，“您认为‘奋进号’仅仅是因为触礁而沉没的？”

“为什么不会这样呢？”纳布指出，“海峡里有礁石。”

“好！纳布，”彭克罗夫答道，“关键时刻你没看清。在那艘双桅横帆船沉没前的一刹那，我看得很清楚，它是被一股巨流顶了起来，然后就沿着左舷挣扎着倒下去的。这样，要是它只是触礁的话，那它就会很平静地下沉，就好比一般的船那样从底部开始下沉。”

“这可不是一般的船。”纳布答道。

“总之，彭克罗夫，我们会弄清楚到底怎么回事的。”工程师接着说。

“我们会弄明白的，”水手补充说，“我敢保证，海峡里是没有礁石。瞧，赛勒斯先生，您又会说这件事里还有点神秘的气息呢？”

赛勒斯·史密斯没有答话。

“无论如何，”吉丁·史佩莱说，“无论是撞沉的还是炸沉的，您不得不承认，彭克罗夫，这件事发生得非常的及时！”

“没错！……没错！……”水手答道，“问题不在于此。我是想问史密斯先生，他是否发现了这件事存在某些不可思议的地方。”

“我还不能盲目断言，彭克罗夫，”工程师说，“我现在只能说这些。”

这个回答完全不能令彭克罗夫感到满意。他还是坚持认为船是被“炸沉”的，固执己见。他对在这条底部像海滩一样铺满细沙里面居然有一块他还不知道的暗礁的说法根本不能认可。再说，那艘双桅横帆船沉没那一刻，正值涨潮，也就是说，有足够深的水量使船能够非常顺利通过海峡，而不会撞到那些连退潮时都看不到的礁石。所以，就不可能有撞击。如此，船是被炸沉的。

不可否认，水手的推论并不缺乏依据。

快到1点30分时，移殖民们登上了独木舟，然后朝沉船地方开去。

令人感到遗憾的是，那艘双桅横帆船上的两只小船都没有保住。一只已经撞碎在感恩河河口，彻底报废了，而另一只在双桅横帆船沉没时失踪了，也许是被大船压碎了难以修复。

这时，"奋进号"的船体开始露出了水面。这艘双桅横帆船的桅杆被折断后，在由于撞击而移位的压舱物的重量的作用下，船的龙骨几乎朝天了。它确实是被一种令人恐怖的海底力量掀翻的，这股力量还表现为同时掀起了巨大的漩流。

移殖民们在船体周围划着。随着海水的退去，他们尽管找不到造成灾难的原因，然而至少能够看清灾难产生的后果。

在船的前部，损坏的艏柱前七八英尺处，船的两舷被可怕的力量撕开了一道至少长 20 英尺的裂口。在那里有两个根本无法堵住的大窟窿。不仅船底的包板和铜衬板都不见了，甚至连船框架本身以及连接着框架的木栓和螺钉都全没了踪影。整个船体直至后部的甲板都断裂了，不可能再被接合起来。最下方的龙骨被无法解释的强力撕裂，而且，在几处地方还钩住着纵梁的龙骨本身早已整条折断。

"真是见鬼！"彭克罗夫嚷道，"瞧，这艘船再也不能浮起来了！"

"是啊，再也浮不起来了。"爱尔通说。

"不管怎样，"吉丁·史佩莱向水手指出，"要是真的发生了爆炸，这次爆炸产生可太奇怪的效果了！它炸坏了船体的下部，然而却丝毫没炸飞甲板和船的水上部分！这些大窟窿看上去更像是因为触礁撞出来的，而不像是炸药爆炸所致！"

"可是海峡里并没有礁石！"水手反驳道，"您说的我都赞成，然而除了触礁。"

"进入船内吧，"工程师说，"或许我们能找到它毁灭的真正原因。"

这是应该采纳的最好意见。再说，这样便于清点该船甲板上的所有财富，并把这些财富当作应急之需。

此时进入船内非常方便。海水一直很低，并且由于船体翻转，甲板的下层现在变成了上层，能够通行。由一些沉重的压舱物，已经把甲板撞穿了好几处地方。大伙听见海水流过船壳缝隙时的潺潺声。

赛勒斯·史密斯和同伴们手里拿着斧子，在半破烂的甲板上向前走去。板上是各种各样的箱子堆积里面的东西，或许还没有损坏。

于是，大伙忙着把所有这些大箱小箱都搬到安全的地方。大海应该过几个小时后才会涨潮，因此必须抓紧时间。彭克罗夫和爱尔通在船身的开裂处，用一架滑轮车把木桶和箱子吊了上来。独木船立即就装上这些东西，然后运到海滩上，大伙把所有的东西全部拿走。

总之，移殖民们最满意的就是看到这艘双桅横帆船上装载着五花八门的货物，如工具、工业器和器皿等，跟那些做大贸易的波利尼西亚商船没有什么区别。在那里，大伙可能只找到所有东西中的一小部分，然而这些正是他们所需要的。

赛勒斯·史密斯惊诧地默默观察到这一点：不仅双桅横帆船的船体，正如他所说的，在引起灾难的尚未查明原因的撞击中损坏严重，而且内部装备也遭到灭顶之灾。隔板和柱子碎裂了，好像是被威力巨大的炮弹在船内爆炸一样。随着那些箱子——那是些小包裹，上面的印迹已经无法辨认了——搬离船上后，移殖民们能够很方便地从船头走到船尾。

于是，大伙到达了双桅横帆船的船尾，依据爱尔通的指点，应该在这里找一找火药库。赛勒斯·史密斯认为火药库并没有爆炸，能够找到一些火药，而且由于火药通常是用金属封皮包装着，应该还没有受潮。

果然，大伙在一大堆炮弹中找到了20来只木桶，大伙小心谨慎地把桶抬上来。彭克罗夫亲眼看见了，终于相信“奋进号”船只的沉没并不是由于爆炸而引起的了。火药库所在的这一部分船身确实是受损最轻的。

“也许真是触礁!”固执的水手说，“然而这海峡里并没有礁石啊!”

“那到底是怎么回事?”赫伯特问。

“我什么也不知道，”彭克罗夫答道，“赛勒斯先生也不知道，没人知道而且这永远是个无法解开的谜!”

这项工作进行好几个小时，这时，能够明显感觉到涨潮了。清理工作不得不暂时告一段落。再说，也用不着担心潮水会把船的骨架冲走，因为它已经深深地陷入泥沙中，就好像抛锚似的在那里。

大伙能够不用担心其他情况，等待着下一次退潮再进行清理工作。至于船上的物资，必须赶快抢救出来，因为船体很快就会被海峡里的流沙淹没。

这时是下午5点。对移殖民来说，这样做太辛苦了，他们放开胃口大吃一顿，饭后，虽然他们都很疲劳，可还是情不自禁地检查了一下“奋进号”那些箱子里装的东西。

大部分箱子装的是成衣，受到大家的热烈欢迎。全是一批够整个移民地的人穿着的衣服，有各式衣服和各种尺寸的鞋子。

“瞧我们太富了!”彭克罗夫喊着，“然而我们应该怎么处理所有这些东西呢?”

每时每刻，当水手看到一桶桶烈性酒、一包包棉花、一支支火枪和一把把刀剑、一箱箱烟草、一件件耕作工具、铁匠工具、细木工工具和木工工具以及一箱箱各种种子，他不禁都要发出阵阵欢呼。啊！如果在两年前，这些东西及时出现就好了！虽然现在这些心灵手巧的移殖民们已经自己制造出工具，然而这些财富还将发挥其各自作用的。

“花岗石宫”的仓库里有的是地方。然而，因为时间有限，大伙来不及把全部的东西入仓。可是，还不能忘了“奋进号”上那6个登上了海岛的亡命之徒，他们穷凶极恶，必须时刻提防他们。尽管感恩河上的桥和所有的吊桥都已被拉了起来，然而一条河流或小溪是拦不住这些匪徒的，尤其是在毫无退路的情况下，这些家伙可是没有什么事情做不出来的。

大伙很快就商议出他们该采取的解决办法来，首先必须守护着这些堆在“石窟”附近的箱子和包裹。所以，移殖民们就交替值班守夜。

夜晚过去了，匪徒们没有什么入侵的意图。杰普“老爷”和托普守卫在“花岗石宫”脚下，发生任何情况它们都会及时报警。

接着一连3天，大伙都在清理双桅横帆船的船缆索具里或箱子里所有具有一点价值或用处的东西上。退潮时，大伙就从船舱中搬出东西来；涨潮时，大伙就把这些物品搬进仓库。大部分铜质衬板已经从船身上揭了下来，船身每天都会往流沙里陷。在流沙把那些沉在船底的重物淹没之前，爱尔通和彭克罗夫曾多次潜到海峡海底，找到了四门大炮、铁链和船锚以及压舱铁块。这些都是用空桶把它们浮起拉到岸上的。

移民地的武器库和“花岗石宫”的仓库以及配膳室很快都被充实起

来的。一直以来对自己的计划热情高涨的彭克罗夫，已经说到了建立一个能够同时监视海峡和感恩河河口的炮台。有那四门大炮，就能阻拦任何强大的舰队进犯林肯岛水域！

当双桅横帆船只剩下一个无用的空壳时，天气开始变坏了，把船壳摧毁了。赛勒斯·史密斯本来还打算把船壳炸掉，再到岸边收拾起碎片，可是一大阵东北风和海潮帮了他。

23 日到 24 日的晚上，双桅横帆船的船壳彻底解体了，有些残骸漂到了海滩上。

虽然将艉楼的柜子细地找遍了，赛勒斯·史密斯还是没有找到船上的文件。很明显，海盗们已经把关于"奋进号"的船长和船主的一切材料给销毁了，而且由于尾板也没有漆着船的船籍港的名称，因此无以证实船的国籍。可是，爱尔通和彭克罗大，根据其船首的某些造型认为这艘双桅横帆船可能是英国制造的。

这场灾难，或确切地说，移殖民们得以获救的后一个星期，大伙再也看不到那艘船的蛛丝马迹，即使在潮水全部退去的时候。船的碎片已经漂散了，而"花岗石宫"几乎接收了船上所有的东西。

要不是在 11 月 30 日，纳布在海滩上捡到了一块上面带有爆炸痕迹的铁筒厚片，掩盖这次奇怪的沉船的神秘面纱或许将永远不能揭开。这块圆筒被扭曲了，而且棱边撕开着。

纳布把这块金属带给他的主人，当时工程师正和他的伙伴们在"石窟"车间里忙碌着。

赛勒斯·史密斯仔细观察了这个圆筒，然后，转身对彭克罗夫说："朋友，您坚持认为'奋进号'不是撞沉的吗？"

"没错，赛勒斯先生，"水手答道，"我们都知道，海峡里并没有岩石。"

"然而要是它是撞在这块铁上呢？"工程师指着那边碎裂的圆筒说。

"这段管子？"彭克罗夫难以置信地喊道。

"我的朋友们，"赛勒斯·史密斯接着说，"你们记不记得，在沉船之前，那艘双桅横帆船被一股漩流顶起来？"

"记得，赛勒斯先生！"赫伯特答道。

“那么，就是它掀起了那股漩流?”工程师指着那个破管子说。

“它?”彭克罗夫反问道。

“是的！这个东西是一只水雷的残余物!”

“一只水雷!”工程师的同伴们一起喊道。

“然而谁会把这只水雷布在那里呢?”彭克罗夫问道，他简直不敢相信。

“我所能告诉您的，只有不是我做的!”赛勒斯·史密斯答道，“您已经知道它那无与伦比的威力了!”

七

发现了这只水雷，因此一切问题就容易解释了。在南北战争期间赛勒斯·史密斯曾经试验过这种破坏力极强的可怕武器，因此，他是不会弄错的。正是在这只装着一种爆炸物质的圆筒的作用下，海峡里的水浪像一股旋风一样被掀起，把那艘双桅横帆船底部击裂，使它刹那间沉入海底；也正是为什么那艘船的船壳被炸得满目疮痍，而不可能再浮起来的原因。撞到一颗能摧毁一艘装甲舰的水雷，难怪“奋进号”在劫难逃了!

没错！一切弄明白了，除了海峡中出现这颗水雷的原因!

“朋友们，”这时，赛勒斯·史密斯接着说，“我们不必再怀疑有一个神秘的人存在了，他可能像我们一样，是一个海难幸存者，碰巧到了。而之所以我有必要把这些事说出来，是为了让爱尔通知道这两年来发生了的一切奇怪的事情。这位多次在紧急关头出现，使我们转危为安的未曾谋面的恩人到底是什么样子？我现在还想象不出来。做了那么多好事后又躲起来，我也无法理解。他为什么这么做，然而他做的好事都是确定无疑的，而且只有一个具有惊人能力的人才能为我们做到。

爱尔通和我们一样接受过他的恩惠，如果我从气球上掉下来，是他从海浪里救出了我，是他写了那份文件，把那只瓶子放进海峡水道中，而使我们知道了我们的同伴的处境。我还想补充一些事例：那只装着我们当时所缺的一切物品的箱子，是他把它拖放在遗物岬的；是他点燃了那堆在海岛高地上燃烧并指引你们着陆的火堆，那颗在西揣体内找到的铅弹，是他打的；这颗水雷又是他埋在海峡里的。总之，所有这些我们意想不到的无法解释的事实，全都是这位神秘的人做的。所以，不论他是什么样的人，海难幸存者还是这个岛上的流放犯，我们永远都应铭记他的恩惠。无疑，我们已经欠他一笔债，所以，我希望有一天我们能还清它。”

“亲爱的赛勒斯，您有理由这么说，”吉丁·史佩莱答道，“有一个无所不能的人藏在海岛的某个地方，并且他有很神奇的威力来帮助我们。我想补充的是，要是在现实生活中，存在着超自然的现象，那我看这位未曾谋面者就具有超人的本领。是不是他通过‘花岗石宫’的井了解我们所有的计划呢？当我们的小船在海上初航时，是他把那只漂流瓶扔给我们的吗？是不是他把托普托出湖面并把儒艮刺死呢？是不是他把您从波涛中救出来呢，赛勒斯？然而这一切都不是凡人所能为的，要是真是他，那么他真的真有特异功能了。”

记者的分析是正确的，而且每个人都对这一点表示认可。

“没错，”赛勒斯·史密斯答道，“要是我们已确定有一个人的介入，我认为他具有超乎常人的本领。这是个难解的谜，可是等我们找到了这个人，谜底也就随之揭开了。那么现在的问题是：我们该尊重这个慷慨的人隐姓埋名，还是应该竭尽全力找到他呢？对此你们怎么看？”

“我的看法是，不管他是什么样的人，他值得我敬重！”彭克罗夫答道。

“没错，”赛勒斯·史密斯接口道，“然而您还没回答我的问题，彭克罗夫。”

“我的主人，”此时纳布说，“我想我们能够尽最大可能去找这位您提到的先生，然而只有当他愿意时我们才有可能找到他的。”

“你说的没错，纳布。”彭克罗夫答道。

“我也同意，”吉丁·史佩莱回答说，“然而这并不能成为不寻找的理由。不管我们找得到还是找不到这位神秘的人，至少，我们应该尽我们的责任。”

“您呢，我的孩子，告诉我们您的看法吧。”工程师转向赫伯特说。

“啊！”赫伯特眼睛一亮，大声说，“我想感谢他，那个人救了我们大家！”

“这是理所当然的，小伙子，”彭克罗夫接着说，“而且我们每个人都要感谢他！我这人并不好奇，然而要是能见上这样的人物一面，就算损失一只眼睛我也会在所不惜！我觉得他一定长得很英俊、高大和强健，蓄着一把美髯，头发如阳光般金闪闪，而且他肯定是坐在云彩上。”

“然而是，彭克罗夫，”吉丁·史佩莱答道，“您给我们描述的可是天父的形象呀！”

“或许吧，”水手反诘道，“可我想象中他就是这样的！”

“您怎么认为呢，爱尔通？”工程师问。

“史密斯先生，”爱尔通答道，“在这个问题上，我没有办法提出我的看法。您无论做什么都对，要是您需要我协助，我随时准备听从你的安排。”

“爱尔通，谢谢您，”赛勒斯·史密斯接着说，“可是我还是希望您对我提出的问题有明确的回答。您是我们的同伴，为了我们，您一再冒着生命危险。所以，和我们大家一样当我们涉及做出某项重大决定时，应该听取您的看法。你还是讲一讲吧。”

“史密斯先生，”爱尔通答道，“我认为我们该努力找到那位未曾谋面的恩人。可能他正受苦受难？可能那也是个需要自新的人？正如您说过他救了我。肯定是他，只能是他到达了唐博岛，在那里找到了你们认识的那个可怜人，于是通知你们那里还有一个有待拯救的不幸者！……所以，多亏了他，我才再一次成了一条汉子。我要将他铭记终生！”

“那就这么说定了，”赛勒斯·史密斯说，“我们尽早开始寻找他。而且这未开发的海岛的任何一处地方，我们都不能放过，哪怕最隐蔽的地方。然而愿那位未谋面的朋友能体谅我们的一片诚意。”

接下来的几天里，移殖民们积极地投入到各种工作中。

在还没去过勘探海岛上的地方之前，他们打算把所有必须干的活儿干完。加上这时正好是收获从唐博岛上移殖来的各种植物果实的时节。此外，还得把所有的收获储藏起来，而好在“花岗石宫”里空间足够得大，所有的东西都能够保存起来。

移民地的产品被井井有条地摆放在那里，在那里很安全，既不怕野兽糟蹋，也不怕歹徒劫掠。在这厚厚的花岗岩高原中，完全不用担心受潮。

上层通道里的好几个天然石洞都被扩大或镂开。所以，“花岗石宫”成了一座储藏粮食、武器、工具和备用器皿的综合性仓库。

从那艘双桅横帆船上得来的大炮，都是一些用钢制造的精良武器。按照彭克罗夫的要求，大炮已经用起吊机和复滑车吊到与“花岗石宫”正好平行的梯道里。然后大伙在窗户之间开了几个炮眼，在这个高度上，炮火真正控制着整个合众国湾。这就像一个小直布罗陀港，而任何一只打算在小岛一带抛锚的船只都要置于这座高空炮台的火力范围之内。

“赛勒斯先生，”在 11 月 8 日那天，彭克罗夫说，“我们已经造完了炮台，现在我们该试一试大炮的射程了。”

“您觉得这样做有用吗？”工程师问。

“非常有必要！不这么做，怎么知道我们能把这些提供给我们的足够多的炮弹打出多远呢？”

“彭克罗夫，那就试一试吧，”工程师答道，“然而是，我想最好还是不要用那些普通火药，我们不要用它做试验，而是用那种我们永远用不完的棉花火药。”

“这种大炮能经得起棉花火药的爆炸吗？”记者问。他也很想试试大炮的性能。

“我想能够，”工程师补充道，“再说，我们会小心谨慎的。”

工程师有充足理由认为这些大炮是质量优良的，这些大炮用钢铸造而成，而且装有炮闩，正因为这样它们应该能经得起一种爆炸力可观的炸药，而且射伤范围相当广。实际上从有效射程角度看，炮弹划出来的弹道应该尽可能地直，而发射时的初速决定这一切。

赛勒斯·史密斯对他的同伴们说，“初速是与使用炸药的质量成正比的。在制造这类武器时，一切的问题归结于采用一种尽可能结实的金属，而钢是抗力最强的金属。所以，我有理由认为我们的大炮能够安全承受由于棉花火药爆炸而形成的气体膨胀，并且效果应该也不错。”

“等试过以后，我们就会更肯定了！”彭克罗夫答道。

那4门大炮很漂亮，从它们从水中捞出来那天起，水手就自愿担起细心呵护的任务。他不知道花了多少时间给大炮擦手、磨光、上油、拆洗气密装置、压气栓和炮栓！所以，现在这些大炮闪闪发亮，能够和美国海军舰艇相媲美了。

那一天，在移民地全体成员面前，托普和杰普也在场，那四门大炮相继试放了。正如前面提到的，棉花火药的爆炸力是普通火药的4倍，于是大伙考虑到给这个给大炮装上适量的棉花火药。他们发射的炮弹是圆锥形的。

彭克罗夫抓住拉火绳，准备点火。

赛勒斯·史密斯一挥手，炮就响了。炮弹从海面飞过，掠过小岛，然后掉进海里，其距离难以准确估计。

第二发炮弹是瞄准着遗物岬最边上的岩石的。那发炮弹将一块尖石击中了，炸得碎石乱飞。

接下来，是赫伯特瞄准和发射。这回打在了合众国湾海岸上面的沙丘上，把4英里外的沙滩给打中了，然后蹦起来落入海里，溅起了一阵浪花。

赫伯特对自己的这次试炮踌躇满志。彭克罗夫比他还自豪！因为这漂亮的一炮，是他亲爱的孩子发出的！

对于第四炮，为了试出其极限射程，赛勒斯·史密斯多加了一些炸药。然后，大伙都退到一旁，以防发生爆炸，因此引爆线也换成一根长绳。

然而大炮经受住了考验，只听见一声巨响。移殖民们看到炮弹擦损了距“花岗石宫”约5英里的颌骨角上的岩石，然后坠入了鲨鱼湾里。

“好哇，赛勒斯先生，”彭克罗夫喊道，“您觉得我们的炮台怎么样？太平洋上的所有海盗只能在‘花岗石宫’前停止他们的脚步！没有我们的允许，谁也上不了岸！”

“对啊，”水手接口道，“还有 6 个海盗在小岛上呢，我们怎么处置那 6 个无赖呢？难道我们任由他们践踏我们的森林、田野和草原吗？

这些海盗，我看是不是应该毫不迟疑地把他们当美洲豹一样处理掉呢？您怎么想的，爱尔通？”彭克罗夫转身对他的同伴说道。

爱尔通犹豫着回不回答，赛勒斯·史密斯感到很遗憾，因为彭克罗夫如此冒失地向爱尔通提出这样的问题。听到爱尔通谦卑地回答时，工程师很难过。

“曾经我自己就是一只美洲豹，”爱尔通说，“彭克罗夫先生，所以我并没有发言权……”

然后他慢慢地走开了。

彭克罗夫恍然大悟。

“瞧我真蠢！”他喊道，“可怜的爱尔通！他在这里与任何人一样有权利说话！”

“没错，”吉丁·史佩莱说，“应该尊重他对其可悲的过去所拥有的那种特殊情感。”

“好的，史佩莱先生，”水手答道，“我再也不会这样做了！我不愿让爱尔通伤心！然而还是把话说回来，我觉得那几个匪徒丝毫不值得怜悯，并且我们得尽快把他们解决。”

“这是您的意见吗，彭克罗夫？”工程师问。

“完全是我的意见。”

“然而您没看到他们有对我们采取新的敌对行动吧？”

“这么说，他们干得还不够吗？”彭克罗夫问，他不知道为什么还要犹豫。

“他们可能会重生其他情感！”赛勒斯·史密斯说，“而且可能会悔改……”

“悔改，他们！”水手耸耸肩膀嚷道。

“彭克罗夫，想想爱尔通吧！”这时赫伯特拉着水手的手说，“他不就改过自新了吗！”

彭克罗夫挨个地看了看他的同伴们，他那刚直的秉性不允许大伙饶恕那些已经在海岛上登陆的恶棍，纵容包波·哈威的同伙，是他们杀害了“奋进号”船员。因为他把他们当做应该毫不犹豫而且绝不应该产生怜悯地消灭掉的野兽。

“好吧！”他说，“你们都不同意我的做法！你们竟然想跟那群无赖讲仁慈！只是希望将来不要后悔！”

“要是我们提高警惕，会有什么危险呢？”赫伯特说。

“嗯！”记者说，“他们全副武装。如果每个都藏在一个角落里，然后各自朝我们其中一个开枪，那么他们就会成为移民地的主人的！”

“然而为什么他们还没这么做呢？”赫伯特答道，“无疑是因为他们不想这么做。而且我们和他们人数相等。”

“好吧！好吧！”彭克罗夫答道，显然他还没有被说服，“就让这些好心人打他们自个的小如意算盘吧，我们不要再为他们操心了！”

“喂，彭克罗夫，”纳布说，“您要放轻松点，不要那么仇恨！如果有一个不幸的人在这里，就在您面前，在您的步枪射程内，您也不可能朝他开枪的……”

“纳布，我会像打一条疯狗一样毫不犹豫地把他干掉的。”彭克罗夫冷冷地答道。

“彭克罗夫，”这时工程师说，“我知道您尊重我。在这个问题上，您能不能再听听我的看法呢？”

“您喜欢怎么做，我就怎么做，史密斯先生。”水手答道，然而他一点也不服气。

“那好，就这么说定了。只有受到攻击时，我们才予以还击。”

尽管彭克罗夫认为这样做没有任何好处，然而大伙还是决定不攻击他们，然而需提防。反正海岛面积大而且土地肥沃。要是那几个坏蛋还良心未泯的话，说不定他们还真能被改造的。他们一定也想在这里重新生活？无论如何，从人道主义上来说，应该给他们一段时间。然而移殖民们可不能像以前那样来去不设防。此前，他们只是提防野兽，然而现在却增加了6个罪犯在他们的岛上游荡着。情况肯定是比较危险的，甚至对于稍为胆小的人来说，已经失去了安全保障。

没关系！现在这种情况下，移殖民们反对彭克罗夫的意见。然而以后他们是否还是对的呢？大伙走着瞧吧。

八

移殖民们最重要的事还是对海岛进行全面的搜索，这个计划已经确定了。目前这次搜索只有两个目的：首先是寻找那位神秘人物，现在没有人怀疑他的存在；其次，知道那几个海盗的下落，他们选择了什么样的藏身之所，过着什么样的生活，他们可怕地方体现在哪里。

搜索需要好几天时间，所以，最好在车上装上各种野营露宿的日常用品和工具，以便于中途歇脚之用。然而在这时，有一只野驴腿部受伤，必须让它休息几天。再说，大伙认为把出发时间推迟一个星期也并无大碍。这么说，也就是在 11 月 20 日才出发。在这个纬度上，11 月份相当于北半球的 5 月份，这个季节很好。太阳回到南回归线一边，因此这个时候白天在一年里是最长的。所以，这个季节完全适合这次计划好了的探险，即使探险没有达到其主要目的，然而至少也会有很多新的发现，尤其在天然物产这一方面，因为赛勒斯 · 史密斯还提议到茂密的远西森林去勘探。

在出发前的 9 天，大伙约定把把所有的活儿做完。而此间，爱尔通也必须回到牲畜栏那边，那里的家畜正嗷嗷待哺呢，于是，大伙赞成让他先回去住两天，等他把厩房里的饲料准备好后再回来。

爱尔通正要出发，赛勒斯 · 史密斯提醒他海岛上再也不如以前那么安全了，是不是需要有一个人陪他去。

爱尔通回答说没这个必要，他什么也不害怕。要是牲畜栏或附近发生什么意外，他会立即向“花岗石宫”通知移殖民们的。

于是，9 日清晨，爱尔通驾着一头野驴上路了。两小时过后，他便发来电报，告诉大伙牲畜栏一切正常。

在这两天里，赛勒斯 · 史密斯忙于实施一个使“花岗石宫”彻底免于袭击的方案，那就是把克兰特湖南端原先溢洪口的上层排水口完全掩盖起来。那个排水口早已被堵死，树木也遮住了它。所以，只需让湖水升高两到三英尺，这样排水口就能被彻底淹没了，这件事做起来不是很难。

只需在湖的两个孕育着甘油河和瀑布河的出水口各建一道水闸就能够升高湖面。移殖民们很快投入这项工作。再说这两道水闸宽不到 8 英尺，高不到 3 英尺，用水泥砌上石块就能够了。

这项工作完成之后，外人绝对想不到竟然有着一条水下通道位于这湖的顶间，以前多余的湖水就是从这条通道排出去的。

那条用于供应“花岗石宫”储水池和带动升降器运转的小分水渠被稳妥地保护起来，无论什么时候都不会断水。这样一来，只要升降器吊起来，这个安全而又舒适的窝就会万无一失了。

这些活儿没花多少时间就做完了，彭克罗夫、赫伯特和吉丁·史佩莱还抽出一些时间到气球港去一趟。水手想要知道那个尽头停泊着“乘风破浪号”的小海湾是否已被罪犯们光顾过。

“正是因为，”他指出，“那帮海盗是在南岸登陆，那就不得不担心他们会发现那个小港口。到那时，我们的‘乘风破浪号’可就白送给别人了。”

彭克罗夫的担心是有根据的，到气球港走一遭是非常有必要。

于是，在 11 月 10 日，水手和他的同伴吃完午饭后便出发了。他们全副武装，彭克罗夫一边摇着头，一边将两颗子弹推上枪膛。正如他自己说的，无论是人还是动物，谁要是靠得太近可就危险了。吉丁·史佩莱和赫伯特也带上他们的步枪。快到 3 点钟时，他们 3 个人出发了。

纳布把他们送到了感恩河的拐弯处，他们过了桥后，纳布就随之把桥拉了起来。回来时他们会放枪为号，纳布一听到信号，便会恢立即恢复交通。

小分队直接沿着港口的路向海岛南岸进发。这段路只有 3.5 英里，可是他们却花了两个小时才走完。所以，他们已经相当仔细地勘察了沿途各地，然而他们并没有发现那几个亡命之徒的丝毫踪迹。歹徒们可能还摸不清移殖民们的人数和他们布下的防卫措施，早已找一处最隐蔽的地方藏起来了。

彭克罗夫一抵达气球港，就看到“乘风破浪号”还平安无事地停在那个狭窄的港湾里，心中高兴极了。再说，气球港十分隐蔽地藏在高高的峭壁中，无论在海上或陆地上都无法发现它。

“好啊，”彭克罗夫说，“那些混蛋还没来过这里，很肯显我们将会在远西森林中找到他们。”

“太好了，”赫伯特接着说，“因为如果他们发现了‘乘风破浪号’，一定会夺船逃跑，那我们就不能去唐博岛了。”

“没错，”记者回答说，“我们有必要在那里留一份文件，说明我们的确切位置和爱尔通的新地址，以防那艘苏格兰游船真的会回来接他呢。”

“嗯，‘乘风破浪号’永远都会停在这里，史佩莱先生！”水手接口道，“它随时待命！”

“我想，彭克罗夫，在考察完海岛后我就会立即做这件事的。总之，那个未谋面者，要是我们能找到他，或许他了解唐博岛就像了解林肯岛那样清楚呢。他可是那份文件的确凿作者，说不定他知道那艘游船到底会不会来呢！”

“真见鬼！”彭克罗夫嚷嚷道，“他到底可能是一个什么样的人物呢？这个人物，他知道我们，然而我们不知道他，如果他是个一般海事幸存者，那他为什么躲起来呢？我们都是老实人，我们不会让他觉得讨厌的！他是自愿来这里吗？如果他想要离开海岛，他能离开吗？他还在这里吗？也许他已经不再在这里呢？……”

他们一边畅谈着，一边走上“乘风破浪号”的甲板。水手仔细地检查了系着锚绳的短桩，然后喊道：“啊！啊！真怪！”

“怎么了，彭克罗夫？”记者问。

“我没打过这个结！”接着，彭克罗夫指了指把缆绳系在短桩上防止脱锚的绳子。

“怎么，这不是您打的？”吉丁·史佩莱问。

“不是！我发誓。我习惯打活结，然而这是个平结。”

“彭克罗夫，您没弄错吧。”

“我绝对没弄错！”水手肯定地说，“我打这种结已经顺手了，一定不会弄错的！”

“这么说，匪徒们或许已经来过船上了?”赫伯特问。

“那我就不知道了，”彭克罗夫答道，“然而能够确信的是，有人起过‘乘风破浪号’的锚，接着又重新把它弄好，这里还有一处证据。有人把锚缆拉了出来，所以属具不在锚缆架上了。我再说一遍，有人使用过我们的船!”

“然而要是罪犯们使用过它，那他们肯定会抢走它或者早就逃跑了……”

“逃跑了！……跑去哪里？……去唐博岛？……”彭克罗夫反诘道，“他们不会乘着一只这么小吨位的船去冒险!”

“可是，应该承认，他们已经认识了唐博岛呀。”记者答道。

“无论如何，”水手说，“就像我名叫彭克罗夫一样千真万确，我们的‘乘风破浪号’被人开出去过，然而却不是我们!”

吉丁·史佩莱和赫伯特都不得不相信他所说的话，那水手的语气是如此的肯定。自从彭克罗夫把船开进气球港后，很明显有人或多或少地动过它。水手很确定，船锚曾被拉起来，而后又重新抛入水底。然而，如果船不是被用于什么航行，那起锚和抛锚又是出于什么原因呢?

“然而我们怎么就没看到‘乘风破浪号’从海岛海域上走过呢?”记者指出，他坚持把各种反对意见提出来。

“嘿！史佩莱先生，”水手答道，“只要黑夜加顺风，两个小时后，就能够航行到海岛视线以外的地方了!”

“好吧，”吉丁·史佩莱接着说，“我还想问的是，罪犯们为什么要使用‘乘风破浪号’呢？而且用过之后，为什么又把它开回港口呢?”

“哎！史佩莱先生，”水手答道，“那我们把这件事列进那些无法解释的事件中就是了，不要再想它了！重要的是‘乘风破浪号’现在还在这里。可糟糕的是，如果匪徒们再把它开走，可能它就再也回不来了!”

“这么说，”赫伯特说，“彭克罗夫，为了以防万一，是不是必须得把‘乘风破浪号’开回‘花岗石宫’前?”

“这样有利也有弊，”彭克罗夫答道，“确切地说是弊大于利。因为感恩河河口海浪太猛了，根本不适合停船。”

“那可不可以停到沙滩上，就在‘石窟’脚下呢？”

“也许……能够……”彭克罗夫答道，“总之，既然我们要做一次比较长时间的探险，我想在我们外出期间，‘乘风破浪号’号还是停在这里更安全些。之抓到那些恶棍之前最好还是把它放在这儿。”

“我也是这么想，”记者说，“至少，如果碰上坏天气，在这里不会像在感恩河河口那样暴露。”

“然而要是那帮罪犯再次光顾呢？”赫伯特说。

“好吧，我的孩子，”彭克罗夫答道，“要是在这里没有发现船，他们就会到‘花岗石宫’边上找的。再说，在我们外出期间，没有任何办法能够阻止他们抢走船的！因此，我觉得还是得把船停在气球港。然而等我们一回来，要时那时我们还没把那帮无赖从岛上肃清，就要加倍小心，把我们的船开回‘花岗石宫’，直到不必担心有坏人光顾为止。”

“就这么说定了，我们走吧！”记者说。

当彭克罗夫、吉丁·史佩莱和赫伯特返回“花岗石宫”时，他们把发生的所有情况告诉了工程师。后者也对他们的打算表示赞同。他甚至答应水手，要对小岛和海岸之间的海峡进行勘测，看有无可能在那里建一个人工港口。如此一来，“乘风破浪号”就会永远处于他们的眼皮底下，而且必要时还能够把它锁起来。

当晚，大伙给爱尔通发了个电报，请他带来一对山羊，使它们能够适应高地草场的水土。然而，让人感到惊奇的是，爱尔通竟然一反常态没有回电。工程师感到诧异。可是，或许爱尔通那一刻恰巧不在牲畜栏，甚至他是在返回“花岗石宫”的路上。的确，他在牲畜栏已经有两天了，出发前他们已经约定好，10 日晚上，最迟 11 日一早，他就会回来。

移殖民们期待着爱尔通出现在眺望岗高地上。纳布和赫伯特整夜都在桥边守着，一旦他们的同伴出现，他们就能够立即放下吊桥。可是，快到晚上 10 点时，爱尔通那边还是毫无消息，大伙决定再发一个电报，要求他马上复电。可是，“花岗石宫”的电报机还是没有响。

这时，移殖民们都开始深感不安。到底发生了什么事？为什么爱尔通不在牲畜栏呢？还是，他仍在那里，然而已不再有行动自由呢？大伙是否应该连夜赶往牲畜栏那边呢？大伙讨论着。有人想留下，有人想去。

“可是，”赫伯特说，“也许是电报设备出了什么故障，线路出问题了呢？”

“可能是这样。”记者说。

“等到明天吧，”赛勒斯·史密斯说，“的确，有可能爱尔通并没有收到我们的电报。”

大伙等待着万分焦急。

11 月 11 日凌晨，赛勒斯·史密斯再发了一次电报，然而还是没有任何回音。

他又发了一次，然而同样没有结果。

“去牲畜栏！”他说。

“带上武器！”彭克罗夫补充道。

很快，大伙商定花岗石宫里必须有人看管，纳布留下来看家。于是，纳布陪着他的同伴们到了甘油河后，就拉起吊桥，然后躲到一棵树后，等待着大伙回来。

如果海盗们出现了，而且想要过河，纳布就能够用枪挡住他们；而且最终，他能够退回“花岗石宫”里，升降器只要一拉起，他就会安全了。

赛勒斯·史密斯、吉丁·史佩莱、赫伯特和彭克罗夫则直接去牲畜栏。如果他们在那里找不到爱尔通，他们就会到附近森林里去搜寻。

到了早上 6 点钟，工程师和他的 3 个伙伴通过了甘油河，纳布藏在一个长着几棵大龙血树的小山丘后。

移殖民们立刻直奔牲畜栏。他们手持步枪，以便碰上任何危险情况能够随时开火。两支步枪和两支卡宾枪都上了膛。

道路两侧，树木茂盛，极利于坏人藏身，而且歹徒有枪，这些真的有些令人生畏。

移殖民们大步流星，托普走在他们前面，它一会在树下绕几个弯，一会在路上奔跑，然而它一直没哼一声，而且也没表现出异常。大伙相信，只要有一丝危险，这条忠实的狗就会吠叫的。

赛勒斯·史密斯和他的同伴们赶路的同时还不时地留意着连接着牲

畜栏和“花岗石宫”的电报线。走了或许两英里后，他们还是没有发现任何线路故障。电线杆状况良好，绝缘子完好无损，然而，从这个地方起，工程师注意到电线仿佛拉得没那么紧。终于，走在众人前面的赫伯特来到第74根电线杆时，突然喊道：“这儿的线断了！”

他的同伴们急忙赶过来，走到那个地方。在那里，翻倒的电线杆在马路上横着。终于找到线路中断的地点了。很明显，牲畜栏并没收到“花岗石宫”发出的电报。

“这根电线杆不是风吹倒的。”彭克罗夫指出。

“不是，”吉丁·史佩莱答道，“电线杆根部的地面被挖过，它被连根拔起了。”

“而且，电线也断了。”赫伯特指着那断成两截的铁丝补充说道。

“是不是裂口还很新？”赛勒斯·史密斯问。

“没错，”赫伯特答道，“一定是不久前才拉断的。”

“去牲畜栏！”水手喊道。

此时，移殖民们正在“花岗石宫”和牲畜栏的半途上，只有半英里的路程了，他们一路小跑着前进。

大伙都在担心牲畜栏那里是否发生了什么严重事件。爱尔通或许已经发过电报，而他们没有收到，更让人担心的是，爱尔通答应过前天晚上回来，然而却连影子没见到。总之，切断牲畜栏和“花岗石宫”的一切联系肯定是有所图的，再说，除了那些罪犯之外，还会有谁会破坏这通讯联络呢？

移殖民们心急火燎地跑着。他们真切地挂记着他们的新伙伴，他或许正遭受毒打。

很快，移殖民们来到了红河一条小支流的旁边，大伙纷纷放慢脚步，喘了口气，以防万一需要搏斗时体力不支。他们手上的卡宾枪上了膛，每个人监视着森林的一侧。托普发出低低的吼叫声，这可不是什么好兆头。

终于，大伙来到了透过树木能够望到牲畜栏的栅栏的地方，然而里面一切完好。门像往常一样关着，一片深深的寂静将这牲畜栏笼罩着。既听不到岩羊平时的咩咩叫声，也完全听不见爱尔通的吆喝声。

“进去!”赛勒斯·史密斯说。

工程师向前走，他的伙伴们在距他20步处保持警戒，准备随时开火。

赛勒斯·史密斯拉开大门的内闩，刚准备推开一扇门，这时托普狂叫起来。栅栏处响起“砰”的一声，接着就是一声惨叫。

赫伯特中弹了，倒在了地上!

九

一听到赫伯特的惨叫声，彭克罗夫扔下武器，扑了过去。

“他们杀了他!”他狂喊道，“他们杀了他!”赛勒斯·史密斯和吉丁·史佩莱急忙向赫伯特跑过去。那记者贴近小伙子的胸膛，听听他的心脏是不是还在跳动。

“他还活着，”他说，“然而得把他抬到……”

“不可能抬回‘花岗石宫’?”工程师答道。

“那就抬进牲畜栏!”彭克罗夫喊道。

“稍等一会。”赛勒斯·史密斯说。

然后，他绕过栅栏。在那里，他暴露在一个海盗面前，后者则正在瞄准他，一枪打穿了他的帽子，只是几秒的时间，不等那罪犯有时间开第二枪，赛勒斯·史密斯便用匕首插进他的心脏，这一刀直中要害，歹徒一下子瘫在了地上。

与此同时，吉丁·史佩莱和水手爬上栅栏的角落。他们跳进围栏内，撞开在内部支撑着大门的支柱，冲进了空荡荡的房子里。很快，赫伯特就躺在了爱尔通的床上。

几分钟后，赛勒斯·史密斯也来到了他身边。

看到赫伯特没有一丝生气，水手感到万分悲痛。他抽泣着恨不得一头撞死在墙上。工程师和记者都无法让他平静下来。他们自己也因哽咽而说不出话来。

可是，他们必须要竭尽全力把这个奄奄一息的可怜孩子从死神手里抢回来。吉丁·史佩莱一生经历多次磨难，懂得一些日常医药经验。他曾多次疗理过受过刀伤和枪伤的伤者。于是在赛勒斯·史密斯的帮助下，他开始检查赫伯特的状况。

一上来，记者就惊呆了：赫伯特失血太多，甚至可能是脑震荡，因为子弹力量很大，打在了一块骨头上而引起了一阵强烈的震荡。

赫伯特的脉搏跳动得十分微弱，而且脸色极度苍白，吉丁·史佩莱需要等好长一段时间才能感觉到一次脉跳。脉搏简直就要停止跳动，而且好像要失去知觉了。伤情的确十分严重。

大伙把赫伯特的衣服解开，然后用手绢止血，用冷水敷洗胸口。

那处创伤伤口露了出来。在胸部第三和第四根肋骨之间有一个椭圆形的窟窿。子弹正是打在这里。

这时，赛勒斯·史密斯和吉丁·史佩莱把这个可怜的孩子翻过身来，他发出了一声十分微弱的呻吟声，大伙都几乎认为这是他最后一口气呢。

另外一处创伤伤口的鲜血将赫伯特的背部染红了，子弹从这里飞出的。

“谢天谢地！”记者说，“既然子弹没留在体内，那我们就不用费力把它取出了。”

“然而心脏呢?”赛勒斯·史密斯问。

“没有击中心脏，要不然赫伯特早完了！”

“完了！”彭克罗夫大吼一声，喊道。

那水手只听到记者说的最后两个字。

“彭克罗夫，不是，”赛勒斯·史密斯答道，“不！他没死。他的脉搏还一直在跳动呢！还能够听到他的呻吟声。可是，为了您的孩子，请务必安静。我们必须完全冷静下来。朋友，我们可不能乱了阵脚啊。”

彭克罗夫不说话了，然而他鼻子一阵发酸，眼泪横流满面。

而此时，吉丁·史佩莱有条不紊地进行救护工作。依据他的观察，毫无疑问，他能够断定那颗从前面射进的子弹是从背部飞出去的。然而这颗子弹穿过体内时使什么地方损伤了呢？哪些主要器官受了伤呢？在这样的时刻，即使是一个职业外科医生，恐怕也很难说清楚。

记者深刻明白一点：就是得防止伤口发炎造成血液不畅，然后防止由于创伤导致的局部发炎和高热。然而，该用什么局部药和消炎药才好呢？怎样才能防止发炎呢？

无论如何，现在最重要的是一刻也不能耽搁地把两处伤口包扎起来。吉丁·史佩莱认为再用温水冲洗伤口已显得多余，因为这会引起再次流血。失血已经很多了，赫伯特由于失血而显得十分虚弱。

因此，记者仅仅用冷水冲洗那两处伤口。

赫伯特左侧身躺着，并一直保持住这个姿势。

“就这样，”吉丁·史佩莱说，“这个姿势对胸部和背部的伤口排脓最有利了，而且要保证他绝对休息。”

“难道我们不能把他抬回‘花岗石宫’？”彭克罗夫问。

“不行，”记者答道。

彭克罗夫挥舞着拳头骂道：“去你妈的！”

“彭克罗夫！”赛勒斯·史密斯喝道。

记者还在仔细地观察这个孩子。赫伯特的脸色一直惨白得吓人，记者不由得心乱如麻。

“赛勒斯，”他说，“我不是医生……您得帮帮我……我现在极度困惑，提些您的看法。”

“千万不要惊慌，朋友，”工程师握着记者的手答道，“要冷静诊断……唯一要记住的是一定要把赫伯特救活！”

吉丁·史佩莱曾一度失望，责任如此重大使他感到茫然不知所措，工程师这番话使他又恢复了信心。他坐到床边，而赛勒斯·史密斯则站着。彭克罗夫将自己的衬衫撕开，然后无精打采地做着绷带。

此刻，吉丁·史佩莱跟工程师说，他认为首先应该止血，然而不能将伤口堵住，因为身内有穿孔，不能让脓积聚在胸腔内。

赛勒斯·史密斯对他的看法表示完全赞同，并马上决定把两处伤口包扎起来，然而尽量不要急于让伤口愈合。

现在，必须采取行动防止突发的发炎症状，那移殖民们有没有一种有效的药物呢？

有！这是自然馈赠给他们的。他们有冷水，就是用来防止发炎的最好的镇静剂，是严重症状的最有效的治疗物品，现在所有的医生都喜欢用它。此外，冷水还能让伤口保持一种绝对休息状态，而且在较早包扎时能保护伤口。不能忽视这个优点，因为根据以往经验证明，在最初几天，伤口和空气的接触是非常有害的。

吉丁·史佩莱和赛勒斯·史密斯就这样按照他们理智进行推理，他们就像最好的外科医生那样处理问题。他们把敷药纱布包在可怜的赫伯特的两处伤口上，并不停地用冷水保持纱布的湿润。

屋子里的日常必需品应有尽有。水手首先在壁炉里生了一堆火。屋里有枫树糖和一些草药能够熬点清凉茶水。然，当大伙把汤药喂给赫伯特喝时，他却一点知觉也没有。他发热得很厉害，整整一天一还都没有苏醒。赫伯特的此时生命就像一根毛发随时都有崩断的可能。

到了第二天，11 月 12 日，他们终于盼来了一线希望。赫伯特从长时间的昏迷状态中苏醒过来。他将双眼睁开，认出了赛勒斯·史密斯、记者和彭克罗夫，还说了两三句话，然而却不知道发生了什么事。大伙把事情原原本本地告诉了他，而且吉丁·史佩莱还要求他千万不能动，并告诉他他的伤口几天后就会痊愈，没有生命危险。再说，赫伯特几乎感觉不到痛苦，大伙不停地给他敷上冷水，这有效地防止了伤口发炎。伤口正常愈合，体温也没有升高，因此，能够相信，这个可怕的创伤或许不会导致任何灾难性的后果。彭克罗夫逐渐地放下心来，他现在就像一个坐在儿子床边的慈母一样，赫伯特此时又昏昏沉沉地睡着了。

“再说一次，史佩莱先生，您得有信心！”彭克罗夫说，“我还是要说您一定得救活赫伯特！”

“会的，我们会救活他的！”记者答道，“子弹或许穿透了肺部，然而打穿肺部并不致命。”

“上帝保佑您！”彭克罗夫一再说。

能够想象在牲畜栏的 24 小时以来，移殖民们只是想着照顾赫伯特。他们既没考虑到要是罪犯们返回来，他们会遇到的危险；也没想采取防范的办法。

有一天，当彭克罗夫守护在病人床边时，赛勒斯·史密斯便和记者商量下一步该怎么办。

他们首先在牲畜栏里走了一遍，然而并没见到爱尔通。那个不幸的人会不会被他的旧同伙给绑架了呢？他是不是进行了反抗然而在斗争中失利呢？后一种假设的可能性很大。当吉丁·史佩莱爬上篱笆围墙时，他清楚地看见一个罪犯正往富兰克林峰南部支脉逃窜，当时托普还朝他扑了过去，那个罪犯正是6个海盗当中的一个。此外，被赛勒斯·史密斯杀死的那个，现在还陈尸围墙外，他正是包勃·哈威的手下。

至于牲畜栏，大门关得好好的，并没有损坏，牲畜也没有逃到森林里。移殖民不管在屋里还是在栅栏外，都没发现任何搏斗和损坏的痕迹，只是，爱尔通装备的武器连同他本人都不知所终。

“那不幸的人一定遭到了突袭，”赛勒斯·史密斯说，“他一定是反击了，看来他最后没有抵挡住了。”

“没错！担心的正是这个！”记者答道，“然后，罪犯们肯定进驻了牲畜栏，他们发现里面什么都有，所以，他们并不准备逃跑，只是看到我们来了才逃走的。显然生死未卜的爱尔通已经不在这里了。”

“我们得到森林里搜索，”工程师说，“把那些恶棍从岛上彻底清除掉。彭克罗夫说过把他们清除干净，那时他的预见是对的。如果早这么做的话，我们就能够避免这些事了！”

“没错，”记者答道，“可现在我们就有权对他们毫不手软啊！”

“无论如何，”工程师说，“我们还得等一段时间，并且要一直待在这，一直到我们能够毫无危险地把赫伯特抬回‘花岗石宫’。”

“然而纳布呢？”记者问。

“纳布是安全的。”

“然而要是我们没回去，他会不会冒险前来呢？”

“他千万不能来！”赛勒斯·史密斯立即答道，“他会有危险！”

“他很可能会来找我们的！”

“唉！如果电报还通着的话，我们就能通知他了！然而现在不可能了！更不能把彭克罗夫和赫伯特单独留在这里……这样吧，还是我回去一趟吧。”

“不，不！赛勒斯，”记者答道，“您可千万不能冒这个险！光凭勇气解决不了问题。那些匪徒们一定在监视着牲畜栏，他们已经在周围的树林里埋伏了。所以，要是您走的话，很快，就会出现两桩不幸事故，而不是现在的一桩！”

“然而纳布呢？”工程师重复道，“我们走了已经24小时了！他会来的！”

“再说，他还不懂得要像我们这样提防，”吉丁·史佩莱答道，“他会被打死的……”

“这么说，难道没有其他办法吗？”

当工程师正在沉思时，托普走过来走过去，工程师将眼光落在了它身上，他喊道：“托普！”

一听到主人的叫声，那条狗就跳了过去。

“没错，让托普去！”记者说，他立刻明白过来，“我们不能走的地方托普能走！让它把牲畜栏的消息带给‘花岗石宫’，再把‘花岗石宫’的带给我们！”

“快！”赛勒斯·史密斯说，“快！”

于是，吉丁·史佩莱赶快从笔记本上撕下一页纸并写下这几行字：

“我们在牲畜栏。赫伯特受伤。请提高警惕。千万不要离开‘花岗石宫’。歹徒在周围出现了吗？让托普传信。”

这张纸条将要告知纳布的一切事情都概括了，并且问了他们现在非常关心的问题。纸条折叠好了，然后很显眼地系在托普的脖子上。“托普！我的爱犬，”此时工程师抚摸着那畜生说，“纳布，托普！纳布！去吧！去吧！”

托普听了这番话，又蹦又跳。它明白了要去做的事。它已经对牲畜栏这条路了如指掌，它就能走完这段路，用不了半个钟头。而且，不管是赛勒斯·史密斯还是记者都得冒险前进的这段路，托普却能够神不知鬼不觉地在草丛里或路边树林下跑过，工程师把牲畜栏的门推开。

“纳布！托普，纳布！”工程师又重复了一遍，与此同时把手指向“花岗石宫”的方向。

托普跳出门外很快便跑得无影无踪。

“它肯定能够做到！”记者说。

“没错，它还会回来的，它无比忠诚！”

“现在什么时候了？”吉丁·史佩莱问。

“10 点。”

“一个小时后它就会回到这里来。”

关上牲畜栏的门。工程师和记者回到了屋里，此时的赫伯特还在沉睡中。彭克罗夫让他身上的纱布保持着持久湿润的状态。吉丁·史佩莱看到暂时没有什么事情可做，便去准备几样吃的东西。

移殖民们等待着托普回来。快到 11 点时，赛勒斯·史密斯和记者手持卡宾枪，躲在门后，准备一听到第一声狗叫便去开门。他们毫不怀疑，托普能够安全到达“花岗石宫”并且带着信返回。

他们两个人在那里等了或许 10 分钟，这时，只听见一声枪响，随后立刻传来几声狗叫。

工程师打开门，看到了距离他们 100 步的森林里还有一缕烟，他朝那个方向开了枪。

几乎与此同时，托普跳进了牲畜栏，门随即被关上。

“托普，”工程师喊道，一边把狗的大脑袋搂在胳膊里。

狗的脖子上系着一张纸条。赛勒斯·史密斯念出那几行纳布写得很大的字：

“可怜的赫伯特先生！‘花岗石宫’周围没有发现一个海盗。我不会乱动。”

十

罪犯们依然在树林里监视着牲畜栏，并决定将移殖民们一个一个地铲除！对于这帮混蛋，只能把他们当猛兽处置了。然而目前需更加小心防范，因为那些恶棍处于有利位置，他们在暗处，而移殖民们在明处，他很容易偷袭。

因此，赛勒斯·史密斯开始统筹安排住在牲畜栏，这里的食物能够供他们吃很长的时间。爱尔通的房子里备着所有生活必需品；而由于他们的不期而至，那些罪犯们还没来得及把所有东西掠夺完就吓跑了。吉丁·史佩莱猜想，事情的经过可能是这样的：在海岛登陆后，那6个罪犯就沿着南部海滨走；接着，走过盘蛇半岛的双道海滩后，他们没有到远西森林里冒险，而是来到了瀑布河河口。他们一旦到了那个地方，就沿着河流的右岸攀上富兰克林峰支脉，在两条支脉之间他们自然能找到某个藏身的地方，而且他们还迫不及待地发现了当时无人居住的牲畜栏。他们很可能已经在这里安顿下来了，寻找机会施行他们的阴谋。爱尔通的到来扰乱了他们的计划，然而他们最终把那个不幸的人制服了，以后的情况就不得而知了！

现在，那些罪犯只剩5个人了，装备精良出没于树林中，因此，既不能对他们置之不理，又无法防备他们，到林中去冒险无疑是等于自动送到他们的枪口上。

“先等一等吧！现在没有其他办法！”赛勒斯·史密斯不停地说，“等赫伯特痊愈了，我们就能组织一次全岛大搜捕，到那时候再和那帮匪徒算账，同时……”

“寻找我们那位神秘的保护人，”吉丁·史佩莱补充完工程师的话，“啊！亲爱的赛勒斯先生，然而这次我们最需要保护的时候，他却没有出现！”

“谁知道！”工程师答道。

“您想说什么？”记者问。

“亲爱的史佩莱，我们还没到山穷水尽的地步，而且说不定他那具有神秘威力的干预还在进行着呢。然而现在的头等大事是赫伯特的性命！”

就这样几天过去了，那可怜小伙子的情况幸好没有恶化。这的确是移殖民们最揪心的事，然而还需很长的时间伤口才能痊愈。冷水一直保持着适当的温度，阻止了伤口发炎。甚至在记者看来，这种含有少量硫质的水——因邻近火山——对伤口愈合有着一种更直接的作用。脓水已经少了很多，加上周围人的悉心护理，赫伯特保住了生命，而且高热在退着。此外，他还接受严格的饮食控制，因此，他的身体变得而且也是应该变得很虚弱。然而汤药却是没有少喝，躺在床上休息对他的恢复有很大的好处。

现在赛勒斯·史密斯、吉丁·史佩莱和彭克罗夫包扎伤口的动作已经很娴熟了。屋子里的布块已经被他们全部用完了。赫伯特伤口上的纱布和绑带裹得不紧也不松，以便让伤口逐渐愈合然而又不至于发炎。记者在包扎伤口时非常的细心。这一工作非常重要，他还一再告诉他的同伴说，大部分医生都自觉地承认，良好的包扎甚至比成功的手术还重要。

10 天后，也就是 11 月 22 日，赫伯特的健康状况有了明显的好转。他开始吃一些食物，而且脸颊恢复了红润，尽管彭克罗夫费尽心思不停地说话，不断给他讲一些纯属虚构的故事，使他没机会开口，然而赫伯特还是插嘴讲了几句。他问到了关于爱尔通的情况，他不知道爱尔通已不在牲畜栏里了，现在当看到他不在自己床边，他感到很惊讶。然而水手不想让赫伯特难过，便只回答他说爱尔通为了保卫“花岗石宫”，去跟纳布会合了。

“嘿！”水手说，“那些强盗！史密斯先生还想感化他们呢！尽是些丝毫不值得同情的家伙！我也跟他们讲仁慈，然而我的仁慈是大颗的铅弹！”

“然而后来又再见到他们了吗？”赫伯特问。

“没有，我的孩子，”水手答道，“然而我们会找到他们的。等您好了，我们再看看那些放冷枪的懦夫敢不敢与我们明斗！”

“然而我还很虚弱呢，可怜的彭克罗夫！”

“哎！您的体力会逐渐恢复的！一颗子弹打穿胸口又算得了什么？这种事情我见多了，没什么大不了的！”

情况看上去是向好的方向发展；如果没有并发症，赫伯特的痊愈就有保证了。可是，如果他的伤情恶化了，比如子弹还留在体内，要切除手或脚，那移殖民们的处境又会是怎样呢？

“不，”吉丁·史佩莱不止一次说，“一想到这我就很害怕！”

“可是，”一天赛勒斯·史密斯回答他说，“到非动手术不可时难道您会犹豫吗?”

“不，赛勒斯!”吉丁·史佩莱说，“感谢上帝，好在现在没出现并发症!”

移殖民们像平时一样，求助于他们多次运用过的纯朴理性逻辑，而又一次，幸亏他们掌握的一般常识，他们又成功了！可是，会不会出现他们解决不了的问题呢？在这岛上就他们几个人，而在社会中，人与人之间相互依赖，互为补充。赛勒斯·史密斯深知这一点，因此他不时想着，要是发生了什么他们无能为力的情况时，他们该怎么办呢?

此外，他和他的同伴向来都是那么好运，现在似乎进入了一段倒霉的时期。自从他们逃出里士满两年半来，一切都是如心所愿。海岛为他们提供了一切，而且自然界不断地馈赠他们，他们还依靠自己的学识对其加以利用。能够说，移民地的物质生活是充裕的。此外，有时候还有一种神秘的力量前来为他们助阵……可是这一切仅是暂时而已!

总之，赛勒斯·史密斯觉得他们好像开始倒霉了。

的确，那艘罪犯船只出现在海岛水域后，虽然奇迹般地被消灭了，然而至少他们中有6个躲过了那场灾难。他们已经在岛上登陆了，而且几乎无法抓到活着的那5个。爱尔通可能早被他们杀害了，而且第一枪就撂倒了赫伯特，几乎要了他的性命。这难道是厄运降临到移殖民们头上的征兆吗？赛勒斯·史密斯现在思索的正是这个问题！而且这也是他经常与记者谈起的话题，而且他们也觉得那一直以来帮助着他们的神奇的力量现在好像消失了。这就意味着，难道那个神秘的人物离开了海岛吗？是不是他已经感到无能为力了?

谁也没办法回答这些问题。然而切莫因为赛勒斯·史密斯和他的同伴谈这些事情，就认为他们已经心灰意冷了！他们没有，他们正视现实，分析情况，准备应付任何困难。他们总是坚强不屈地面对困难。要是厄运最终会来到的话，它会发现这些汉子已经准备好跟它搏击了。

十一

年轻的伤员正在逐渐恢复健康。他们目前盼望的是，赫伯特的身体状况允许大伙把他抬回“花岗石宫”。然而不管牲畜栏的房子装饰得如何漂亮，食物如何充足，大伙总找不到卫生的花岗岩房子那种舒适的感觉。此外，这里也没那里安全，虽然他们提高了警惕，然而他们依然处在罪犯们枪弹的威胁之下。在“花岗石宫”那边，情况正好相反，在那一夫当关、万夫莫开的地方，移殖民们就无所畏惧；而任何攻打他们的企图注定是要失败的。于是，他们焦急地等待着赫伯特的伤口愈合到能够安全抬走的时刻，而且他们已经决定实施这次搬运工作，尽管穿过中南美到森林将困难重重。

大伙目前得不到纳布的任何消息，然而他们认为没什么可以担忧的。只要他坚守在“花岗石宫”深处，就不会受到袭击的。大伙再没派托普到纳布那边去，因为他们觉得没有必要把他们忠实的狗暴露于匪徒的枪口下，因为它可是他们最得力的助手。

移殖民们都急于赶回“花岗石宫”。当工程师看到他们的力量被分散的时候，心情十分沉重，因为这正是海盗们设下的圈套。他们现在是四对五，因为爱尔通失踪了，加上赫伯特不能算在内；而这位老实的孩子深知自己给大伙造成的被动状态，心里感到很不安！

11 月 29 日一整天，在现在情况下，赛勒斯·史密斯、吉丁·史佩莱和彭克罗夫开始认真讨论应该如何对付匪徒，当时赫伯特已经昏昏欲睡，听不到他们的谈话。

“我的朋友们，”记者说，“关于不能与纳布联系的问题，我的想法和你们一样，在牲畜栏的路上冒险，就等于冒着挨枪打而不能还击的危险。然而我们现在果断地去搜捕那帮恶棍不是更好吗？”

“我也是这么想的，”彭克罗夫答道，“我认为，我们都不是怕挨子弹的人。要是赛勒斯先生同意，我随时准备好冲进森林里！一个对付一个没什么大不了的”

“但是，得顶5个呀！”工程师问。

“我和彭克罗夫一起去，”记者答道，“我们两个都带上武器，还有托普……”

“亲爱的史佩莱，还有您，彭克罗夫，”赛勒斯·史密斯接着说，“我们要冷静，如果匪徒们藏在海岛上的一个地方，并且我们熟悉那个地方，而且只是把他们赶出去的问题，我会同意向他们直接进攻的。然而事情恰恰相反，难道没理由担心他们可能先向我们开火吗？”

“哎，赛勒斯先生，”彭克罗夫嚷道，“他们不可能总能打中目标的！”

“可那颗打中赫伯特的子弹并没虚发啊，彭克罗夫，”工程师答道，“此外，如果你们两个离开牲畜栏，就只剩下我一个人在这里防守了。如果他们知道这里只有一个受伤的孩子和一个大人，难道他们不会把你们放进树林中，趁你们不在牲畜栏时而攻打这里吗？”

“您说得很正确，赛勒斯先生，”彭克罗夫答道，然而他肚子里却还是有怨气，“您说得对。他们非常清楚牲畜栏里供应充足，必会不惜一切代价夺回这里的！况且您一个人也斗不过他们！哎！要是我们在‘花岗石宫’就好了！”

“假如我们现在在‘花岗石宫’，”工程师答道，“何况您一个人斗不过他们，我就不怕让‘花岗石宫’和我们当中一个人留下，其他三个人到岛上的树林里搜捕。然而现在我们最好是呆到大家能一块离开这里的时候！”

赛勒斯·史密斯的推论是无法辩驳的，同伴们完全知道这一点。

“要是爱尔通还跟我们在一起就好了！”吉丁·史佩莱说，“可怜的人哪！他刚和我们一起生活没多久！”

“难道他真的死了吗？”

彭克罗夫用一种相当古怪的语调说。

“彭克罗夫，您希望那帮无赖会饶了他吗？”

吉丁·史佩莱问。

“没错！要是他们这么做有利可图的话！”

“什么！您认为爱尔通忘了我们有恩于他而与他们同谋了吗？”

“鬼知道？”水手答道，他地吐出这个令人不快的假想。

“彭克罗夫，”赛勒斯·史密斯抓住水手的胳膊说，“您想错了，如果您非要这样想那么，我会非常难过！我敢保证爱尔通的忠诚！”

“我也是。”记者立刻补充道。

“是，赛勒斯先生……我错了，”彭克罗夫答道，“的确，是我想歪了，然而又有什么办法呢？我的脑子已经完全不听使唤了。这种困守的生活使我感到憋得慌呢，而且我从来没像现在这么过度激动过！”

“耐心点，彭克罗夫，”工程师答道，“亲爱的史佩莱，您认为还有多久赫伯特才能被我们抬回‘花岗石宫’呢？”

“这就很难说了，赛勒斯，”记者答道，“如果不小心就会导致一连串严重的后果。然而他正逐渐康复。如果从现在起一个星期后，他的体力恢复的话，嗯，到那时我们再瞧瞧吧！”

一个星期！那就只能等到12月上旬返回“花岗石宫”。

在这一时期，春天已经过了两个月。天气很好，气温在回升。岛上的森林正值最茂盛的时候，而且，往常该进行收获的时刻也临近了。因此，返回眺望岗后只能中断海岛勘探紧锣密鼓地干农活了。

因此，困守牲畜栏对移殖民们的工作来说是很不利的。然而如果说他们没有办法，只得服从当前的需要，可他们心里都很焦急万分哪。

有一两次，记者冒险围着栅栏兜了几圈。托普和他一起，吉丁·史佩莱紧握着卡宾枪，随时准备着应付任何突变。

是他没发现任何可疑的迹象。一有动静，他的狗便会提醒他。托普没有叫，他能断定没有什么可害怕的。看来罪犯们是盘踞到海岛的其他地方去了。

11月27日，他再次出动时，吉丁·史佩莱冒险深入到山脉南部森林中，这时，他注意到托普嗅到了什么东西。只见那狗神情异常，不停地在灌木丛和草丛里跑来跑去，好像闻到了什么可疑的东西。

吉丁·史佩莱警惕地把卡宾枪举到肩上，紧跟在托普后面，一边用话语鼓励它，使它情绪高涨，一边警惕着四周的情况。看来托普闻到的不是人，因为一嗅到生人味，它就会发出阵阵沉沉的吠叫声，来表达它强烈的愤怒。所以，既然它现在没有呜呜叫，就说明危险并不是迫在眉睫。

大概过去了 5 分钟，托普依然仔细地搜索着，这时，托普突然钻进一株茂盛的灌木中，从里面叼出来一块破布。

这是一块从衣服上撕下来的布块，不仅脏兮兮的，而且早已破烂。吉丁·史佩莱立刻把这块破布带回牲畜栏。在那里，移殖民们仔细地看过这块布，并认出这是爱尔通衣服上的一块布料。

“您看到了，彭克罗夫，”赛勒斯·史密斯指出，“可怜的爱尔通曾经进行了反抗，可罪犯们还是硬把他带走了！到现在您还怀疑他的忠诚吗？”

“不怀疑了，赛勒斯先生，”水手答道，“我早就推翻了我的怀疑了！然而我看从这事能够得出一个结论。”

“是什么结论？”记者问。

“爱尔通没有在牲畜栏被害！既然他反抗了，就说明他是活着被带走的！所以，或许现在他还活着！”

“的确有这种可能。”

工程师若有所思地说。

爱尔通的同伴们重新看到了希望。的确，移殖民们曾经认为爱尔通像赫伯特一样被一枪击倒。可是，如果一开始罪犯们并没有杀死他，如果他们把他活着带到另外什么地方去，那他会不会还被他们囚禁着呢？甚至说不定他们中的某个人已经认出爱尔通曾经是他们在澳大利亚时的旧同伙，谁敢说他们有没有意识到不可能再拖爱尔通入伙呢？要是他们能让爱尔通当叛徒，那他对他们将大有用处！

牲畜栏的移殖民们把这件事朝好的方面考虑，而且看来找回爱尔通并不是没有可能。从爱尔通方面看，如果他只是被囚禁着，他肯定会想尽方法逃出来的，对于移殖民们来说将是一种莫大的帮助啊！

“总之，”吉丁·史佩莱指出，“如果爱尔通终于万幸逃出来了，他一定会直接去‘花岗石宫’的。因为他还不知道赫伯特早已成为歹徒暗杀阴谋的受害者，所以，他绝对想不到我们现在在这里！”

“啊！然而愿他就在‘花岗石宫’那里！”彭克罗夫嚷道，“然而愿我们也在那里！因为即使那些恶棍最终无法窥视我们的住所，然而至少他们会把高地、其他的一切洗劫一空的！”

彭克罗夫早已天天心里挂念着他的庄稼。可是，赫伯特比所有人都急于回“花岗石宫”，因为他知道移殖民们回到那里是十分必要的，而正因为他，大伙才都滞留在牲畜栏里！因此，他脑子里只有一个念头：离开牲畜栏，他认为自己能承受住迁移回“花岗石宫”的劳顿。他确信在他自己那间面临大海空气清新的房间里，自己能恢复得更快！

好几次他催促吉丁·史佩莱，然而后者有道理担心赫伯特的伤口还没愈合好，会在路上重新撕裂，所以一直没有下令动身。

可是，一件出人意料的事情促使赛勒斯·史密斯和他的两位朋友屈从于小伙子的愿望。可天晓得这一决定以后竟给他们带来了痛苦和悔恨！

到来 11 月 29 日早上 7 点，当 3 个移殖民正在赫伯特房里聊天时，他们听到托普急促的叫声。

赛勒斯·史密斯、彭克罗夫和吉丁·史佩莱立刻拿起步枪，冲出房外，准备好开火。

托普已经跑到栅栏下又跳又叫，它看上去是很高兴，而不是愤怒。

“有人来了！”

“没错！”

“他们不是敌人！”

“这人也许是纳布？”

“或者是爱尔通？”

刚说完这句话，只见一个身影越过栅栏，然后就一屁股坐到牲畜栏的地面上。

这正是杰普，杰普“老爷”亲自回到这里了，而托普像欢迎一个朋友那样欢迎它！

“杰普！”彭克罗夫喊道。

“一定是纳布让它来的！”记者说。

“那它身上一定有信件。”工程师答道。

彭克罗夫立刻朝猩猩跑去。显然，如果纳布有哪些重要的事情要告诉他的主人，杰普是一个可靠和快速的信使了，因为它能穿过移殖民们，就是连托普都不能通过的地方。

赛勒斯·史密斯先生在杰普的脖子上发现了一个小袋子，然而在那个袋子里有一张出自纳布手笔的纸条。

当赛勒斯·史密斯和他的同伴们读到这张纸条时，他们感到很失望。

“星期五，早上6点。高地遭歹徒侵袭！纳布”

他们相对无言，返回房子里。他们该怎么办呢？罪犯们占领了眺望岗，那就意味着灾难的到来！

赫伯特看见工程师、记者和彭克罗夫进来，就明白有不好的事发生了。当他再看到杰普时，他就相信“花岗石宫”正面临着一场浩劫。

“赛勒斯先生，”他说，“我要走。我经得起路上的困难！我要走！”

吉丁·史佩莱走近赫伯特，然后，看了他一会儿，说：“那我们出发吧！”

至于是用抬架抬赫伯特，还是用爱尔通架到这里的大车把他载回去，这个问题不难解决。对于伤者，担架可能震动更小一点，然而需要两个人来抬，万一路上遭到伏击，就少了两支自卫的步枪。

相反，如果用大车，不就能腾出所有的人手吗？那么，能不能在车上铺上垫子，而且尽量小心前进，让赫伯特避免一切颠簸呢？这是能够的。

于是，大他们把大车拉出来。彭克罗夫套上野驴。赛勒斯·史密斯和记者把赫伯特的垫子放进两边有护栏的大车底部。天气很好，灿烂的阳光穿透树林直照大地。

“准备好武器了吗？”赛勒斯·史密斯问。

一切都准备好了。工程师和彭克罗夫各持一支双筒步枪，吉丁·史佩莱拿着他的卡宾枪。

“您感觉如何，赫伯特？”工程师问。

“啊！赛勒斯先生，”年轻人答道，“放心吧，我不会死在路上的！”

能够看出，小伙子讲这番话时使出了全身气力，而且靠着一种特别顽强的意志，他强打起精神。工程师感到一阵揪心。他还在犹豫，然而这会使赫伯特很失望，甚至可能会使他郁闷而死。

“出发吧！”赛勒斯·史密斯说。

牲畜栏的门被打开了。不轻易发出声音的杰普和托普冲到了前面。大车拉出来后，大门又关上了。彭克罗夫驾着野驴，慢慢地往前走。

诚然，不走从牲畜栏直通到“花岗石宫”的这条路也许会更安全些，然而走其他的路大车要在树林底下穿行就会有很多困难。因此，虽然歹徒们已经熟悉这条路，然而大伙还是得走这条路。

赛勒斯·史密斯和吉丁·史佩莱分别走在大车的两侧，随时准备回击，可是，这时罪犯们也许还没离开眺望岗。显然纳布的纸条是在罪犯们一露面时就写好并送出来的。而那只机灵的猩猩知道怎么去牲畜栏，不用三刻钟就能穿过从“花岗石宫”到牲畜栏之间5英里的路程。那么，此时路上可能是安全的，如果说开火，那只可能是接近“花岗石宫”时才会。

移殖民们依然高度警惕。托普和手中拿着棍子的杰普时而走在前面，时而到路两侧的树木中搜索着，它们没有发出遇到危险的警告。

在彭克罗夫驾驶下，大车缓缓前进。车子离开牲畜栏时是7点半。一个小时后，就走了4/5的路程。

沿路的情况和从感恩河延伸到克兰特湖的中南美剑森林各处的情况很相似，没有人影，没有任何动静。像移殖民们在海岛上登陆的第一天一样，树林里也很平静。

离高地越来越近，还有一英里，大伙就能望到甘油河上的吊桥了。赛勒斯·史密斯一点不怀疑吊桥还架在河上，因为不论罪犯们是从那里进入高地的，还是游过了防护河的一条河流进入高地，他们总得把桥放下来，为撤退做好准备。

透过树缝终于能够望到海平面了，然而车子仍继续前进，所有人都不想让车停下来。

这时，彭克罗夫勒住野驴，恶狠狠地骂道：

“啊！这帮恶棍！”

然后，他把手指向家禽饲养场建筑物、棚房和磨坊上缓缓腾起的股股浓烟。纳布在烟雾中忙碌着。他的同伴们喊了一声。他便朝他们跑过去……原来罪犯们糟蹋了高地以后，就离开这里，到现在已有半个小时左右了！

“赫伯特先生呢？”纳布喊道。

这个时候，吉丁·史佩莱走回车子旁。

赫伯特早就已经昏迷不醒了！

十二

那些匪徒、“花岗石宫”面临的危险、还有高地上混乱的废墟，现在统统都顾不上这些了。因为赫伯特的病情重于一切。这次转移会不会使他引发内伤而丧命呢？这令记者和他的同伴们心灰意冷。

大车被拉到河流的转弯处。大伙用一些树枝做成一副担架，把赫伯特连同垫子抬到担架上。10 分钟后，赛勒斯·史密斯、吉丁·史佩莱和彭克罗夫就来到峭壁下，留下纳布料理把车子驶回眺望岗高地的事情。

升降器开始往上升。没过一小会赫伯特就躺在了他自己的床上。

在大伙悉心的照顾下，赫伯特醒了过来。他发现自己回到自己的房间里，不由微微一笑，然而因为太虚弱，他几乎说不出话来。

吉丁·史佩莱检查了一下他的伤口。他担心由于伤口还没完全愈合，可能会重新撕裂……然而幸好没有。那么，为什么他有衰竭的症状呢？为什么赫伯特的病情会恶化呢？

这时，小伙子处于一种发热昏睡的状态中，彭克罗夫和记者就守在他的床边。

在此期间，赛勒斯·史密斯把牲畜栏那边发生的事情告诉了纳布，而纳布也把一系列事件讲给主人听。

昨天夜里匪徒们在甘油河附近的森林边上露面。他们正准备渡过甘油河，纳布就不假思索地朝其中一个海盗开了枪。然而在相当昏暗的夜里，他不知道那个恶棍是否被打中了。然而这并不能吓跑那帮歹徒，而纳布只能回到“花岗石宫”，只有在那里他才是安全的。

此时该怎么办呢？怎样才能阻止匪徒们对高地的破坏呢？纳布是否有

办法通知他的主人呢？此外，住在牲畜栏的客人们现在的情形又如何呢？

赛勒斯·史密斯和他的同伴是11月11日出发的，而现在是29日，那么这19天来，纳布所获知的就是托普带来的那些坏消息：赫伯特严重受伤，爱尔通失踪，工程师、记者和水手，能够说是困禁在牲畜栏里！

到底该怎么办呢?，可怜的纳布思索着。他不担心自己，因为匪徒们是不可能到“花岗石宫”里来抓他的。可是，那些菜园、建筑物和所有的设施都将被匪徒破坏！那让赛勒斯·史密斯决定该怎么办，至少让他知道这里目前所面临的危险，这不好吗？

于是，纳布想到了让杰普送信，这只猩猩简直太聪明了，杰普明白牲畜栏这个词，因为大伙经常在它面前提起过牲畜栏，而且杰普还常常陪彭克罗夫驾车到那里去呢。这时天还没亮，机灵的猩猩知道怎么顺利穿过森林；此外，即使歹徒们看见了，也会把它看成一只普通的猩猩。

纳布毫不犹豫。把信写好，系在杰普的脖子上，然后把猩猩领到“花岗石宫”门口，从门口扔下一根长绳拖到地上。接着，他一再重复说：

“杰普！杰普！牲畜栏！牲畜栏！”

那畜生明白了，它抓住绳子，就飞速地滑到沙滩上，消失在黑暗中，那些海盗一点没察觉。

“你做得好，纳布，”赛勒斯·史密斯答道，“然而如果你不通知我们，可能还更好！”

赛勒斯·史密斯之所以这么说，是因为他一直在想着赫伯特，这次转移对他的康复损害非常大。

纳布继续讲完事情的经过。匪徒们丝毫没有到沙滩上来。因为摸不清岛上居民的人数，他们还认为“花岗石宫”是由一支重要的部队驻守着呢。他们也许想起了，当双桅横帆船发起进攻时，飞过来那么多枪弹迎接他们，因此，无疑歹徒们不想暴露自己。然而眺望岗高地却向他们敞开着，高地丝毫不受“花岗石宫”火力的保护。因此，歹徒们在那里进行了肆意破坏，无恶不作，而且直到移殖民们到达前半个小时才离开。

纳布赶快从“花岗石宫”里跑到外面。他登上高地，试图扑灭那场正在吞噬着家禽饲养场建筑物的大火。他竭尽全力救火，然而没有效果，直到车子出现在树林边缘时他才停下来。

事情的经过就是这样，匪徒们的出现对林肯岛的移殖民构成了一种长期的威胁。在这之前，移殖民们生活得多么幸福，而现在没准还有很多灾难呢！

彭克罗夫和吉丁·史佩莱在“花岗石宫”里守护着赫伯特，这时，赛勒斯·史密斯在纳布的陪同下，亲自去察看这场灾难的后果。

幸运的是，匪徒们并没深入到“花岗石宫”脚下，否则，“石窟”的工场就难逃劫数了。如果工场遭难，比起眺望岗上满目疮痍的废墟，其损失还是不难弥补的！

赛勒斯·史密斯和纳布走向感恩河，在河的左岸，并未发现任何匪徒留下的踪迹。在河对岸茂密的森林里，也没有任何可疑的现象。

另外根据目前的情况，他们能够断定目前存在着两种情况：一是匪徒们已经知道移殖民们返回了“花岗石宫”，因为他们也许发现了移殖民的行踪；二是匪徒们已经沿着感恩河深入到中南美剑森林里，因此还不知道移殖民们归来。

如果是第一种情况，匪徒们肯定已经折回现在空无一人的牲畜栏，因为那里许多的珍贵物品是他们所需要的。

如果是第二种情况，他们可能就已经回到营地，在那里等待机会再展开进攻。

因此，必须提防他们。然而现在赫伯特的身体状况决定着一切把他们从岛上肃清掉的行动。工程师也太累了，而且在这危急时刻谁都不能离开集体。

工程师和纳布到达了高地上，田地被践踏了，快要能收获的麦穗倒在了地上。其他作物的情况也好不到哪里去。菜园里一团糟。好在“花岗石宫”里还保存着一些种子，能够把损失挽回。

那把火已经把磨坊和家禽饲养场的建筑物，还有野驴厩房化为乌有了。一些受惊的动物在高地上徘徊着。那些在火灾中逃到湖面上的水禽，现在已经回到河岸上它们平日的窝边。一切都要重建了。

赛勒斯·史密斯强压心头的怒火，脸色比往日更加苍白，没说一句话。他最后望了一眼那被毁坏的田园然后就返回“花岗石宫”。

以后几天是这些遇险者来到海岛以来最痛苦的日子！赫伯特明显越发虚弱，看来是一种更严重的疾病正待发作，吉丁·史佩莱预感到了这样一种他也无能为力的病情。

赫伯特一直处于一种半间歇的昏迷状态中，而且也开始出现某种神经错乱的症状。清凉饮料是移殖民们唯一能用的药品。现在高热还没那么厉害，然而每隔不久就会出现过高的体温。

12 月 6 日，吉丁·史佩莱发现那可怜的孩子的耳朵、鼻子和手指都十分苍白，他先是微微地打战，浑身起鸡皮疙瘩，脉搏微弱而且没规律，皮肤干燥，然后就很快地发了一阵子热，脸上发烫，脉搏加快，皮肤通红；然后又出了一大身冷汗，出汗后，体温也降低了。这样一次发作可能持续了 5 个小时。

吉丁·史佩莱一直待在赫伯特身边。那小伙子现在得了一种间歇热，这是毋庸置疑的，而且对于这种间歇热，必须在它恶化前控制住它。

“然而要抑制它，”吉丁·史佩莱对赛勒斯·史密斯说，“必须要退热药。”

“退热药！”工程师答道，“然而我们既没有硫酸奎宁，也没有金鸡纳树皮啊！”

“是啊，”吉丁·史佩莱说，“然而有时硫酸奎宁能够用柳树皮代替，湖边有柳树。”

“我们快试一试吧！”赛勒斯·史密斯应道。

的确，柳树皮像冬青树叶、七叶树和蛇根树一样，已经被视为金鸡纳的代用药。显然，它虽然没有金鸡纳那么大的价值，然而能够拿它试一试。然而缺乏提取生物碱的方法，大伙只好不经加工就使用它。

赛勒斯·史密斯亲自从一棵黑柳树干上削下一些树皮，捣成药末，当晚就让赫伯特服下。

这一夜过去了，赫伯特没出现任何严重症状。赫伯特说胡话，然而夜间并没有发热，第二天体温也没升高。

彭克罗夫又重见几线希望，吉丁·史佩莱则没说话。间歇热可能不再每天发作，而是隔天发作一次，也就是说明天还会发作。因此，大伙非常焦急地等待着第二天的到来。

大伙能够注意到，赫伯特虚弱得像柳枝一样，他感到头重脚轻，而且容易晕眩。另一个使记者丧心惊胆战的症状是，赫伯特的肝脏开始充血，很快，精神错乱更加严重，这意味着他的大脑也受到了影响。

吉丁·史佩莱对这一新症状没有办法，他把工程师叫到一旁。

“他得了恶性疟疾！”他说。

“恶性疟疾！”赛勒斯·史密斯喊道，“您不会弄错了吧，恶性疟疾是要感染到致病菌才会发作的，它不会自发！”

“我没弄错，”记者答道，“赫伯特肯定感染到了这种病毒。他已经发作了一次，要是再第二次发作，要是我们无法阻止第三次发作的话……他就会完了！”

“但那柳树皮呢？”

“那不管用，”记者答道，“而且如果不用硫酸奎宁把第三次恶性疟疾抑制住，就完了！”

幸好彭克罗夫没听到这番谈话，否则他早就疯了。

12 月 7 日那一天一夜，工程师和记者非常焦虑。

将近中午时分，出现了第二次发作。这次发作可怕极了。他把手伸向赛勒斯·史密斯，伸向史佩莱和彭克罗夫！他不想死！……看到他这样是令人撕心裂肺的。他们只好把彭克罗夫打发到别的地方去。

这次痉挛持续了 5 个小时。显然，赫伯特再也顶不过第三次发作。

这一夜是可怕的。在精神混乱的情况下，赫伯特咕哝着说胡话，他与匪徒们搏斗着，他呼唤着爱尔通！他恳求的那位神秘人物——那位保护神现在已经消失了，然而他的形象还在赫伯特的脑海中挥之不去……然后，他陷入了声嘶力竭之中，一切都消失了……好几次，吉丁·史佩莱还认为这个可怜的小伙子死了！

到了 12 月 8 日，赫伯特的身体状况变得更差。他那骨瘦如柴的手紧紧地抓住他的床单。大伙又给他服下了一剂树皮粉末，然而记者对此任何希望也没抱。

“如果明天早上，我们还没有更有效的退热药，”记者说，“赫伯特就会死的！”

夜晚来临，这或许是这位勇敢孩子的最后一夜，他在他的同龄人中是那么的优秀，所有的人都把他当儿子一样钟爱他！可是唯一能对付这种可怕的恶性疟疾的药物，唯一的特效药，林肯岛上却找不到！

12 月 8 日至 9 日的这一夜间，赫伯特迷糊的昏迷状态更加严重。他的肝脏严重充血，大脑也受到感染，而且他已经再也认出任何人了。

他能坚持到天亮吗？他能顶得过那肯定要夺走他的性命的第三次发作吗？不可能了他已是精疲力竭了；而且，在病情发作的间歇期间，他就好比死人一样没有任何生机。

凌晨 3 点钟，赫伯特突然惨叫一声，他在极度的痉挛中扭动着。当时住在他旁边的纳布大吃一惊，立刻冲进隔壁同伴们正在守夜的房子里！

此刻，托普莫名其妙地吠叫起来……

赫伯特想滚到床外去，大伙立刻跑进房里，让那垂死的孩子平静下来。这时，吉丁·史佩莱抓住他的手臂，感觉到他的脉搏正逐渐加快。

到了早晨 5 点钟，太阳光线开始透射进“花岗石宫”的房间里。美好的一天然而这一天将是可怜的赫伯特的最后一天！

一丝光线照到放在床边的桌子上。

忽然，彭克罗夫指着放在那张桌子上的一件东西，大叫一声……

那是一个小盒子，呈长方形的形状，盒盖上写着几个字：硫酸奎宁。

十三

吉丁·史佩莱打开盒子，里面装着大概 200 格令的白色粉末。记者用舌头舔了一丁点。那东西苦得很，毋庸置疑，这正是从金鸡纳树皮中提炼出来的珍贵生物碱，最好的特效药。

现在必须毫不迟疑地给赫伯特服下这种药末。大伙以后再讨论它怎么来的。

“有咖啡吗？”吉丁·史佩莱问。

很快，纳布就端来了一杯很热的咖啡。吉丁·史佩莱在里面加了大约18格令的奎宁粉，然后，给赫伯特喝下去。

由于第三次恶性疟疾发作还没出现症状！所以还来得及。

所以，应该相信，疟疾不会再次发作了！

大伙现在又充满了希望。因为就在大家快要崩溃时，在这紧要关头，那神秘的力量又一次发挥了它的作用！

几个小时后，赫伯特比较平静地休息着。此时，移殖民们能够讨论这件事了。那位未谋面者的这次干预比以前任何时候都更为明显地帮了他们。然而在夜里他是如何潜入“花岗石宫”的呢？这根本没法解释。而事实上，那位海岛精灵的行动就像他本人一样神秘。

在这一天当中，每隔3小时左右，赫伯特就服下一次硫酸奎宁。

到了第二大赫伯特的病情就逐步好转。当然，他还没痊愈，然而伙伴们对他进行了悉心的照料。此外，特效药就在那里，所以，或许送药的人就在不远的地方！总之，无限的希望又回到大家的心中。

大伙确实没有失望。10天后，也就是12月20日，赫伯特进入了康复期。他还很虚弱，大伙对他的饮食实行了严格的限制，那个温顺的孩子对大伙的所有规定是多么自觉地听从啊！他也希望能早日康复！

这令彭克罗夫欣喜若狂。好像是被人从深渊里救出来一样。当预计第三次发作的时间一过去，他便紧紧地抱住记者，从那时起，彭克罗夫就把记者称作史佩莱大夫。

可是真正的大夫还没找到呢。

“我们会找到他的！”水手一再说。不论他是怎样的人，他终将得到彭克罗夫的热烈拥抱！

12月份结束了，林肯岛上的移殖民们诸多磨难的1867年也随之宣告结束。这一年林肯岛居民受尽磨难在春光明媚，像热带地区一样温暖宜人的气候里，移殖民们迎来了1868年。赫伯特死里逃生，他靠在那张放在“花岗石宫”的一个窗口边的床上，吮吸着那有益于健康的新鲜空气，这对他的康复是很有帮助的。他开始进食，而且，纳布给他准备的美味菜肴是很清淡可口的。

“这真是让人想患病啊！”彭克罗夫老是说。

这段时间里，罪犯们没在“花岗石宫”附近露过一次面。至于爱尔通，他还是杳无音信，如果工程师和赫伯特对找到他还存有一线希望的话，那他们的同伴们则认为他早已不在人世了。可是，这些疑虑并不能推延那结果是将极其重要的勘察计划的实施。然而或许还得等一个月，因为移殖民们现在还无法集中精力与罪犯们算账。

赫伯特的身体正逐渐好转。伤口也基本愈合了，而且已经消失肝脏充血的症状了。

1 月份，许多重要的工作在展开，主要是抢收那些能够抢收的劫后庄稼，麦种和其他作物的种子都收集起来，以准备下半季度的新一轮播种。至于重建磨坊、家禽饲养场和厩房，赛勒斯·史密斯倾向于以后再说。当他和他的同伴们追捕那帮匪徒时，他们极有可能再次光顾高地，因此，不能让匪徒们的可恶行径再次得逞。等到大伙消灭掉海岛上的那帮恶棍时，再重建家园。

到了 1 月份下半个月，那年轻的康复伤者就开始下床，他先是每天起来一小时，然后每天增加一小时。因为他体质好，所以体力恢复得很快。他今年 18 岁，长得很高大，肯定会长成一个仪表堂堂的男子汉。从这个时候开始，他的身体还需细心护理，加之史佩莱大夫严格的要求，赫伯特正逐步康复。

将近月底，赫伯特已经能到眺望岗和海滩上散步了。为了加快身体恢复，彭克罗夫和纳布陪着他洗了几次海水浴，赛勒斯·史密斯认为时机成熟，已经开始考虑出发的日期，最后定 2 月 15 日。在一年中的这一时期，夜明星稀，对这次涉及整个小岛的搜索很有利。

于是，开始着手进行这次探险所需要的准备工作。这些工作非常重要移殖民们已经发誓，不达到他们的两个目的就绝不返回“花岗石宫”，即一方面消灭匪徒，并找回爱尔通，另一方面，找到那个轻而易举掌握着移殖民们命运的人物。

在林肯岛上，移殖民们对整个东海岸地区非常熟悉，从爪形海角到颌骨角，克兰特湖周边，广阔的冠鸭沼泽地，牲畜栏路和感恩河之间的中南美剑森林，红河流域和感恩河，最后还有富兰克林峰的支脉。

移殖民们已经勘探过了，只是做得不够全面而已。他们从爪形海角到爬虫地岬之间的华盛顿湾沿岸，包括西海岸的森林和沼泽地边沿，以及一直延伸至鲨鱼湾的连绵的沙丘都勘探了。然而覆盖着整个盘蛇半岛的大片森林地区，他们还完全没勘探过。瀑布河的左岸，感恩河的整个右岸和富兰克林峰麓北、麓东、麓西三面山坡和其间的山谷。在那里肯定有着许多不为人知的场所。所以说，岛上好几千英亩的地方还有待调查。

因此，大伙决定由远西森林入手，对感恩河右岸整个地区进行勘探。

也许最好先直取牲畜栏，因为大伙不得不担心匪徒们也许会重新在那里安家落户。可是，现在匪徒们也许已经把牲畜栏破坏了，已经没有办法阻止他们了；或许他们有意坚守在牲畜栏里，那何时到他们的巢穴里攻打他们都行。

经过讨论后，他们决定穿过森林到爬虫地岬去，用斧子开路，开辟出一条长 16～17 英里、从“花岗石宫”直通到半岛顶端的便道。

野驴休息得充足，大车完好无损。能够做一次长途的旅行。粮食、各种器皿、轻便的炉具、宿营用具，以及从“花岗石宫”目前已经相当完备的火药库中精心挑选出来的武器和弹药，都装上了大车。可是，还不能忘了匪徒们可能还在森林中到处游荡，他们很可能会在暗处放冷枪。因此，移殖民们的小队伍必须集体行动，不能以任何借口分散行动。

大伙还决定，不留任何人在“花岗石宫”里。托普和杰普它们也参加到探险行动中。

2 月 14 日，出发的前夜，大伙利用这一整天好好地休息，这时候赫伯特已经完全康复，然而还有些虚弱，大伙在大车上给他留了座位。

第二天一破晓，赛勒斯·史密斯就采取了一些必要措施，以免“花岗石宫”受到任何入侵。以往用于爬上爬下的绳梯拿到了“石窟”中去，以便大伙回来后使用，因为升降器的鼓轮已经拆了下来，升降装置再也没有了。彭克罗夫最后一个留在“花岗石宫”上完成这项工作，他用一根绳子，绳子一头抓在他手里，一头抓在下面人手里，他顺着绳子从上面往下滑，只要把绳子扯下来，平台和沙滩之间就没任何东西联系了。

此时天气晴朗。

“今天又很热!”

记者欢快地说。

“嘿！史佩莱大夫,”彭克罗夫答道,“我们就要躲到树下走路了，到时候会连太阳也看不到的!”

“出发吧!”工程师说。

大车在“石窟”前的河岸上等候着。记者已经要求赫伯特在车上坐着，而那小伙子乖乖地听从了医生的话。

赛勒斯·史密斯、记者和水手在前面开路。纳布牵着野驴走。赫伯特在车子上给杰普挪出了一个位子，杰普毫不客气地坐了上去。托普欢乐地蹦蹦跳跳。上路的时间到了，小分队开始出发了。

大车先绕过了河口拐角；接着，沿着感恩河左岸向上走了一英里后，就穿过了桥，然后，在气球港，探险家们往路的右边走，开始深入到远西森林地区的那一大片树林中去。

在最开始两英里的路上，没多少树木，车子能够自由通行，只是不时得斩断一些爬藤和荆棘，并没有什么大障碍。

茂密的树叶在地上投下了阴凉的树荫。喜马拉雅杉、橡皮树、洋松、山毛榉、加苏林那树、龙血树和其他一些已经看过的树木连绵不断，一眼望不到边。海上常见的鸟类在这里应有尽有，像山鸡、啄木鸟、雉以及丝舌鹦和虎皮鹦鹉等鹦鹉类。水豚、袋鼠和刺鼠在草丛中乱窜，这一切使移殖民们回想起他们到了岛上后的第一次狩猎的情景。

“可是,”赛勒斯·史密斯指出,“不论是飞禽类还是四足爬行类，这些动物，都比以前胆小多了。这么看来，匪徒们最近来过这片树林，我们一定能找到他们的踪迹。”

果然，大伙能够在不少地方辨认出一群人或晚或早走过的踪迹。此外，或许是为了设置路标，有些树木被折断了；那边，有着几堆熄灭的炉火灰烬，而且在黏土地区有很多脚印。可是最终却找不到任何最后宿营的迹象。

或许匪徒们就在树林中，工程师已经吩咐过同伴们不要打猎。因为一开枪就会惊动他们。此外，要打猎就得离开车子一段距离，然而现在绝对禁止单独行动。

走到距“花岗石宫”大约6英里处，路途变得相当难走。他们不得不砍掉一些树，开出一条路来。在进入那些地方之前，赛勒斯·史密斯总是小心地派托普和杰普到密林中探视，它们非常负责任地完成自己的任务。当它们没有任何异样地回来时，就意味着里面没什么可怕的，既没有匪徒，也没有猛兽，他们同样是动物无比凶残。

移殖民们第一晚在距“花岗石宫”约9英里的地方露宿，此地旁边是感恩河的一条小支流，它流过的地区土壤一定很肥沃，因为它应当联结着整个河系。

此时移殖民们很饿了就美美地饱餐了一顿，然后就开始采取一些措施，为了晚上平安无事地度过。只要在帐篷的周围点起火堆，就足以防卫，如果工程师只是要对付猛兽，像美洲豹或其他的动物了；然而匪徒们不但不怕火堆，恰恰相反，火堆还会把他们吸引过来，因此，面对这种情况最好的办法就是呆在漆黑中。

此外，移殖民们严格地安排了值班守夜。他们两人一班，每隔两小时轮换。虽然赫伯特也要求参加，然而大伙没有同意。于是，彭克罗夫和吉丁·史佩莱一组，工程师和纳布一组，轮流在营地附近巡视。

其实，夜晚只有几个钟头。与其说黑暗是因为没有太阳造成的，也还由于树叶茂密。森林中一片寂静，猿猴的傻笑声和美洲豹嘶哑的吼叫声会偶尔传来，这似乎使杰普“老爷”非常恼怒。

这一夜没有发生什么事，到了第二天，2月16日，移殖民们又是缓慢地举步穿过森林。

那一天，大伙只走了6英里，因为他们每时每刻都必须用斧子开路。就像真正的当地土著一样，移殖民们不砍那些高大优雅的树木，只砍那些小的。当然，不砍大树能够省事，然而这样一来，开辟出来的道路就拐弯很多，路程也就长了。

在这一天里，赫伯特发现了一些新树种，这是以前在岛上还没见过的。如长着一种味道极好的甜果肉的角豆树，还有下垂的叶掌像喷泉水似的乔木状蕨，野驴高兴地吃着的长英。在那里，移殖民们也发现了高大挺拔的卡利松。这种树树干是圆柱形的，顶部顶着长成圆锥状的绿叶，成簇成簇地长着，树身高达20英尺。卡利松正是新西兰的树中之王。

至于动物，除了猎人们至今以来见过的以外，没有发现新的品种。可是，他们隐约望到了一对澳洲特有的大飞鸟，然而不可能接近它们。那是一种名为鸸鹋的鹤鸵，属于涉水鸟类，身高5英尺。托普撒腿跟在它们后面跑，然而那对鹤鸵从容地把托普抛在了后面，它们行走的速度非常快。

移殖民们还发现了匪徒们在森林里留下的几处踪迹。

在一堆看似刚刚熄灭的火堆旁，移殖民们发现到了一些脚印。他们极其认真地观察着这些脚印，很容易地得出这是5个人的足迹。显然，那5个匪徒就在这里露宿过；可是这就是移殖民仔细观察的原因。大伙没有发现第六个人的脚印，要是有的话，那一定是爱尔通的。

“爱尔通没跟他们在一块！”赫伯特说。

“没有，”彭克罗夫答道，“他之所以没和他们在一块，是因为恶棍们已经把他杀害了！要不是那些恶棍连个窝也没有，我们就能够像围捕老虎一样围歼他们！”

“没错，”记者答道，“他更可能到各个地方探察，他们有意这样闯荡，直至成为岛上的主人为止。”

“岛上的主人！”水手吼道，“岛上的主人……”他又重复道，喉咙好像被什么夹住了。然后，他稍为平静地说：

“您知道吗，赛勒斯先生，我的步枪里上的是什么子弹吗？”

“不知道，彭克罗夫！”

“正是那颗打穿了赫伯特胸部的子弹，它是不会错过目标的！”

即使这样也不能让爱尔通活过来。在认真分析了地上的脚印后，大伙不得不断定，再也不可能见到爱尔通了！

他们当晚在距“花岗石宫”14英里的地方过夜，赛勒斯·史密斯估计他们离爬虫地岬不会超过5英里了。

第二天，他们就横穿过森林，抵达半岛的顶端。然而他们既没有找到匪徒们的藏身之所，也没有找到那位神秘的陌生人隐居的秘密住所。

十四

2月18日一整天，移殖民们勘察了从爬虫地岬到瀑布河这一带森林地区。这片森林夹在盘蛇半岛两岸之间，宽度有的3英里有的4英里，移殖民们能够彻底地把它翻个遍。这里的树木不仅枝叶茂盛，而且高大，说明此处土地的植物生长能力比岛上任何别的地方都强。这些挺拔的树木能在这片土地上生长，主要是因为火山地热使该处的地表潮湿，而土地深层具备一种温带地区不应有的温热温度。主要的树木正是分布最广阔的卡利松和加利树。

然而移殖民们此行并不是为了欣赏这些千姿百态的植物。在这一方面，他们已经知道，林肯岛完全能够列入最初命名为快乐群岛的行列。可是现在，唉，别的人已经侵入了它，他们的海岛已不再完全属于他们了。匪徒们践踏着这里的土地，所以，必须全部消灭他们。

尽管大伙在西岸上，搜查非常仔细，然而再也没发现任何踪迹，既没有脚印，也没有折断的树木、冷却的灰烬和遗弃的露营地。

“这一点也不奇怪，”赛勒斯·史密斯对他的同伴们说，“匪徒们穿过冠鸭沼泽地，然后就立即直扑远西森林。看来他们走过的路线，与我们所走的大致相同。这就是我们走过森林时会看到那些痕迹的原因。可是，匪徒在那一带是找不到一处合适的藏身之地的。于是，他们又向北窜，并发现了牲畜栏。”

“也许他们已经折回牲畜栏了，”彭克罗夫说。

“我不这么觉得，”工程师答道，“因为他们肯定深信，我们的搜索重点是那个方位。由此，牲畜栏只是一个为他们补充供给的地方，他们不会长久逗留。”

“我完全同意赛勒斯的看法，”记者说，“而且我还认为，匪徒们有可能会在富兰克林峰支脉之间寻找一处巢穴。”

“那么，赛勒斯先生，我们直接去牲畜栏吧！”彭克罗夫喊道，“一定得把他们消灭掉，可直到现在我们什么都没干成。”

“不，朋友，”工程师答道，“别忘了我们还想知道远西森林是否还隐藏着某个住所呢。即便一方面我们要惩治罪犯，可另一方面我们还得报答他人的恩惠啊！”

“说得对，赛勒斯先生，”水手答道，“可是只有那位先生肯露面，我们才能找到他啊！”

确实如此，彭克罗夫道出了众人的心声，那个人的住所很可能同样非常神秘。

当晚，大伙就把车子停在瀑布河河口。大伙照常安排夜间照样巡逻。赫伯特充分地利用这次户处生活，呼吸着森林里新鲜的空气，沐浴着海上吹来的微风，他完全恢复到从前身强力壮的样子。他已不再坐在车子上，而是走到队伍的前列。

次日，2 月 19 日，移殖民们离开了海岸，顺着河流左岸向上溯。因为先前大伙曾在牲畜栏到西海岸之间做过几次旅行，所以这条路一部分已经被踩平了。他们此时距离富兰克林峰仅 6 英里。

工程师的计划是这样的：仔细观察那座形成了河床的山谷，然后小心翼翼地向牲畜栏附近进发；如果牲畜栏被占据的话，就用武力把它夺回来；如果没被占据，就重新加固，把它作为勘探富兰克林峰的据点。

对于这个计划，移殖民们一致同意。他们都想重新收得全岛！

于是，大伙沿着那条把富兰克林峰的两条主支脉分开的山谷上路。河岸上树木丛生，然而越往火山的上部地段，树木就越稀疏。这一段山道相当崎岖，十分适合打埋伏，所以大伙只得非常谨慎地向前走。杰普和托普是侦察兵，它们在密林中左蹦右跳，可是，这条河道的两边岸上并没什么迹象表明最近有人来过，看不出来他们有在附近的可能。

将近傍晚 5 点的时候，他们把大车在距离栅栏约枷步的地方停了下来。栅栏被一排半圆形的树木像窗帘一样遮住了。

因此，得侦察一下牲畜栏的情况，看看它是不是已经被占领了。然而如果在这样的大白天里大摇大摆地走过去，如果匪徒们在里面打了埋伏，那就是自个送上门挨黑枪，所以，最好是等夜幕降临。

可是，吉丁·史佩莱却迫不及待，要求立刻去侦察牲畜栏周围的情况。彭克罗夫也按捺不住，自告奋勇陪他一块去。

“不，我的朋友们，”工程师答道，“我不会让你们任何一个在大白天里暴露自己的。”

“可是，赛勒斯先生……”水手不太服气地反驳道。

“我求您了，彭克罗夫。”工程师说。

“算了！”水手答道，然后，他改变了方式，用水手们最粗鲁的话咒骂那些匪徒，发泄自己心中的怒火。

于是，移殖民们就待在车子旁边，认认真真地监视着森林周围的地区。

就这么过去了3个小时。风停了，在高大树木的枝叶下一片寂静。此时哪怕是脚踩过干枯的树叶上，折断一枝最纤细的树枝，或有一个物体从草丛中滑过，都能清楚地听到。万籁寂静。托普趴在地上，脑袋搭在前爪上，没有表现出什么异常的神情。

到了8点钟，夜色深沉，是侦察的有利时机。吉丁·史佩莱要求准备和彭克罗夫一起出发。这次赛勒斯·史密斯同意了。托普和杰普只能留下来和工程师、赫伯特、纳布在一起，如果它们吠叫或尖叫，就会惊动匪徒。

“千万不要蛮干，”工程师叮嘱水手和记者说，“你们不要跟他们正面冲突，只要侦察一下它是否被占据了就行。”

“没问题。”彭克罗夫答道。

然后，他们两人就出发了。

在树林下，能见度大约30~40英尺，因为树叶很茂密。记者和彭克罗夫极其小心地向前走，一听到什么可疑的声响就停下来。

他们分开各自走，以免集中暴露在枪口下。他们每一秒钟都万分小心。

吉丁·史佩莱和彭克罗夫5分钟后就来到森林边沿，前面是一块林间空地，空地尽头就竖着牲畜栏的栅栏。

他们停了下来。几丝阴暗的天光还撒在那片平坦的的草地上。30 步之外就是牲畜栏的大门，门看上去是关着的。这跨越树林边沿和栅栏之间的 30 步，形成了一个“危险区”。不论谁敢冒险闯进这个区域，栅栏上就会飞过来一些子弹，把他撂倒在地。

水手和吉丁·史佩莱不是贪生怕死的人。然而如果一不谨慎，他们自个将是第一个牺牲者，随后还将殃及自己的同伴。如果他们被杀，赛勒斯·史密斯、纳布和赫伯特该怎么办？

然而彭克罗夫想现在离牲畜栏这么近，他估计罪犯们已经藏身于里面，心中禁不住一阵冲动，便想冲上前去，这时，被记者使劲拉住了。

“几分钟后，天将完全黑下来，”吉丁·史佩莱在彭克罗夫耳边小声说道，“那时才是动手的好时机。”

彭克罗夫紧紧地握住枪托，全力克制住自己，一边低声咒骂着，一边等待着。过了一会儿，黄昏的最后几线余光消散了。阴影笼罩在那片空地上，仿佛从茂密的树林中走出来。富兰克林峰屹立在西边的天际上。像低纬度的地区一样，黑暗很快就上来了。

记者和彭克罗夫自埋伏在森林边沿后，就一直仔细地地盯着栅栏那边。似乎牲畜栏里完全没人。栅栏的顶部画出了一道比周围的阴影还黑的直线，上面并没有任何异样的地方。可是，如果匪徒们就在那里的话，他们一定有人站岗，以防遭到袭击的。

吉丁·史佩莱紧握着他的同伴的手，两个人匍匐着向牲畜栏靠近，随时准备开火。

他们来到栅栏的门前，发现里面没有一丝光亮。

正如记者和彭克罗夫估计的，栅栏的门是关着的。水手想把门推开，可是，他发现外面的门闩并没有闩上。

因此，能够断定，此时匪徒们已经占据着牲畜栏，而且以防有人破门而入，他们就把门固定住。

吉丁·史佩莱和彭克罗夫侧耳倾听着。

或许岩羊和山羊都在牲口栅里睡着了，围栏里一点声响也没有。夜色更加宁静。记者和水手一丝声响也没听见，思忖着是否该潜进牲畜栏中，然而这么做就违背了赛勒斯·史密斯的指示。

这样做既可能成功，也可能失败。此时，如果匪徒们不知道这次针对他们的勘探，总之要是此时此刻确有一次偷袭他们的机会，那是否该立刻冒险越过牲畜栏，使这次机会化为乌有呢？

记者不同意这样做，他认为应该等他们齐集后再一起攻进牲畜栏。似乎围栏内无人站岗，能够不被发现地靠近到栅栏边。一旦知道了这一点，就该返回大车旁，把情况告知同伴们。

彭克罗夫可能也同意这种看法，他也毫无异议地跟着记者走。

几分钟后，工程师就了解了情况。

“那好，”一番考虑之后，他说，“我现在有理由相信罪犯们不在牲畜栏内。”

“等我们翻过围栏，”彭克罗夫答道，“就会清楚的。”

“朋友们，现在向牲畜栏进发！”赛勒斯·史密斯说。

“要把车子留在林子里吗？”纳布问。

“不，”工程师答道，“这是我们的供给车，再说必要时，还能够用途给我们做堡垒呢。”

“那前进吧！”吉丁·史佩莱说。

车子无声地向栅栏驶去。四周一片漆黑，与记者和彭克罗夫刚才匍匐爬出去时一样，没有任何声响。厚厚的草丛完全减轻了脚步声。

移殖民们做好开枪的准备。杰普被命令断后。纳布用绳子拴着托普，不让它扑到前面去。

很快就看到那块林间空地，那里很冷清。小分队毫不犹豫地向围栏挺进。眨眼间，他们就穿过了危险区，一声枪响也没有。当车子来到栅栏边，纳布就走到野驴前勒住缰绳。工程师、赫伯特、记者和彭克罗夫此时向大门走去，去查看情况。

可是，有一扇门竟然打开着！

“这究竟是怎么回事？”工程师转向水手和吉丁·史佩莱问。他们两个人都愣住了。

“我发誓，”彭克罗夫说，“这扇门刚才是关着的！”

于是，移殖民们开始犹豫了。这就意味着彭克罗夫和记者进行侦察时，匪徒们就在牲畜栏内？这是肯定的，这扇刚才还关着的门，只能是他们打开的！那现在他们还在吗？

顷刻间所有这些问题涌进了每个人的脑海里，然而没法解答！

这时，赫伯特刚向围栏里走了几步，就立刻退了出来，抓住工程师的手。

“出什么事了？”工程师问。

“有灯光！”

“在屋里？”

“没错！”

他们一起向大门走去。的确，他们穿过窗户的玻璃，看到了一丝微弱的光亮在摇曳着。

赛勒斯·史密斯当机立断：

“这真是个绝好的机会，”他对同伴们说，“匪徒们都在房子里，一点也没觉察到！他们在我们控制之下了！上去吧！”

于是，移殖民们扛着上了膛的枪，蹑手蹑脚地溜进围栏内。他们把车子留在外面，由托普和杰普看守，为了小心把它们被拴在了车上。

纳布和赫伯特一边，赛勒斯·史密斯、彭克罗夫和吉丁·史佩莱另一边，沿着栅栏向前走，并认真观察着那完全漆黑的牲畜栏。

过了一会，他们都来到了那扇关着的大门前。赛勒斯·史密斯用手向他的同伴们示意，叫他们别动，他则向那灯光微微照亮的窗口慢慢靠近。

他的视线投向了构成这所房子一楼的那个单间。

桌子上亮着一盏点燃的手提灯，桌子旁是以前爱尔通用的床，床上还躺着一个人。

赛勒斯·史密斯突然往后退，压低声音喊道：“爱尔通！”门立刻被撞开，移殖民们冲进了房子里。爱尔通好像睡着似的。他的脸色很难看，说明了他曾受到长期而且残酷的折磨。能够看到他的腕部和踝部都有大片的伤痕。

赛勒斯·史密斯俯在他身上。

“爱尔通！”工程师一边喊道，一边抓住他的手。

爱尔通听到呼唤声，睁开眼睛，看着赛勒斯·史密斯，然后看着其他人。

“是你们,”他喊道,“是你们吗?”

“爱尔通!爱尔通!”赛勒斯·史密斯重复道。

“我这是在什么地方?”

“你现在在牲畜栏的房子里!”

“一个人?”

“没错!”

“但是他们会回来的!”爱尔通喊道,“你们要当心!你们要防卫!”接着,爱尔通精疲力竭地又倒下去了。

“史佩莱,”这时工程师说,“我们随时都可能受到攻击。快把车子拉进来,然后闩上门,大伙都回到这里来。”

彭克罗夫、记者和纳布赶紧去执行工程师的命令。时间紧迫说不定车子已经落入了匪徒们手里!

一瞬间,记者和他的两个伙伴便来到了栅栏的大门旁。此时,大伙听到托普在栅栏后发出低低的呜呜声。

工程师立刻离开爱尔通,冲出房外,准备开枪。赫伯特跟在他身边。他们两个都密切注视着那俯视着牲畜栏的支脉山脊。如果匪徒们埋伏在那个地方,他们就可能被全部射杀的。

这个时候,月亮在黑影重重的黑幕上方悬挂着,从东边升起。万丈银白色的月光洒落在围栏内。整个牲畜栏都被照亮了,里面的一簇簇树木、浇灌着牲畜栏的小河和大片的绿草地毯都披上了银装。房子和一部分栅栏在月光中显得格外清晰。而在相反的方向上,靠近大门处的围栏还是阴暗的。

过了一会儿,一团黑乎乎的东西闯进了月光中。那是车子。接着,听到了关门的声音,牢牢地在里面拉上门闩。

这时,托普突然疯狂地挣脱绳索,吼叫起来,然后朝屋子右侧的牲畜栏深处冲去。

“朋友们,赶紧瞄准!”赛勒斯·史密斯叫道。

移殖民们已经把枪托在肩上,随时准备开火。托普还在吠叫着,杰普也向托普追去。

移殖民们跟着杰普来到了小溪旁,这条小溪被大树遮盖着。

在那里，月光灿烂，他们到底看到了什么呢？

5 具尸体，就躺在河岸上！正是那 5 个匪徒！

十五

究竟是怎么回事？谁击中了那些匪徒呢？难道是爱尔通？不可能，刚才他还在担心匪徒们会回来呢！

此时爱尔通已经陷入了昏迷状态之中，没有办法问清楚。他说了那几句话后，一种势不可挡的大脑麻木向他袭来，他又倒在了床上，一动也不动。

移殖民们百思不得其解。他们等待了一整夜，寸步没有离开爱尔通的房间，对于匪徒们是怎么死的，很可能爱尔通也不知道，因为当时他连自己在牲畜栏房间里都不知道，可是，在这可怕的处决之前发生过的情况是他能够讲出的。

到了第二天，爱尔通从昏迷中醒来。他的同伴们由衷的欢喜，分离 104 天后，他依然安然无恙的。

此时，爱尔通简单地讲述了发生过的事情，他所知道的所有情况。

去年 11 月 10 日，他到达牲畜栏的次日，天黑时，匪徒们翻过了栅栏袭击他。他们把他绑住并堵住嘴；然后，把他押进富兰克林峰脚下一个昏暗的岩洞里，因为匪徒们在那里藏身。

本来爱尔通必死无疑的了，然而到了第二天，其中一个匪徒认出了他，并叫出了他在澳大利亚时的名字。要知道他们尊重的可是他啊！

然而从那时起，他们想重新拉爱尔通人伙，因为他们指望他能帮他们夺取“花岗石宫”，潜进那无法抵达的房子里，把岛上的移殖民斩尽杀绝，成为海岛的主人！

爱尔通矢志不渝。他已经悔过自新，而且得到宽恕，他宁可死也不会出卖他的同伴。

于是，爱尔通被绑住手脚，堵住嘴巴，严加看管起来，在那个岩洞里监禁了4个月。

可是，不久匪徒们便发现了牲畜栏，而且从那时起，他们就以里面的储藏食品为生，11月11日，其中两个匪徒被移殖民们意外地到来吓坏了，他们朝赫伯特开了枪，然后其中一个回去吹嘘说他已经杀死了岛上的一个居民，然而只有他一个人回来了。大伙都知道了，他的同伙，被赛勒斯·史密斯一匕首刺死在地上。

当爱尔通获悉赫伯特的死讯时，他是多么的失望和焦虑啊！移殖民们只剩下4个人了，而且能够说还受到匪徒们的威胁！

这件事之后，在移殖民们因赫伯特的伤病而滞留在牲畜栏期间，海盗们一直没有离开过岩洞，因为他们不敢擅自离开他们的老巢。

这时，他们更加迫害爱尔通，他的手脚日夜被捆绑着，至今还留着绳索绑过的血痕。看来他是非死不可，爱尔通时刻都在等待着死亡的到来。

一直到了2月份的第三个星期，匪徒们仍然在等候好时机会出现，他们很少离开老窝，只是偶尔到南海岸上或岛内打几次猎。爱尔通再也不抱有能重见到他的朋友们的希望了！

最后，由于这个可怜人备受折磨，陷入了一种虚脱状态之中，他眼睛看不清，耳朵也失聪了。因此，他根本说不出这两天内究竟发生了什么事。

"可是，史密斯先生，"他补充说，"既然我是被囚禁在那个山洞里，我又怎么会到这儿的呢？"

"那帮匪徒又怎么会死在围栅内呢？"工程师应道。

"死了！"爱尔通失声叫道，他忘记了自己此时还很虚弱，硬从床上半撑起来。

他想站起来，他的同伴扶住他。然后，所有的人都朝小溪边走去，这时天已大亮。

河岸上，躺着5个匪徒的尸体，他们好像是遭到雷劈！

爱尔通呆住了。赛勒斯·史密斯和他的同伴们看着他，一句话也没说。

彭克罗夫和纳布跑过去检查那些已经冰冷僵硬的尸体。

可是尸体上并没有任何外伤。

经过仔细的检查后，彭克罗夫才发现在一具尸体的背部，一具尸体的胸部，一具尸体的额头和另一具尸体的肩膀上，各有一个小红点，那红点几乎看不到，无法辨认是为什么而起的。

“他们就是在这个地方被击中的!”赛勒斯·史密斯说。

“但是是用什么武器呢?”记者喊道。

“是一种我们还没掌握的致命性武器!”

“然而又是谁把他们杀了呢?”彭克罗夫问。

“当然是岛上伸张正义的人,”赛勒斯·史密斯答道,“是那位把爱尔通抬到这里来的人；是那位做了一切我们自己不能做的事的人；是他又发挥了他神秘的威力。而他，总躲着我们。”

“那我们就去找他!”彭克罗夫嚷道。

“对，去找他,”赛勒斯·史密斯答道,“然而这位帮了我们这么多的神秘人物，只有他最终愿意让我们去见他时，我们才可能找到他的!”

工程师对这种使他们自己的行为化为乌有的无形的保护感到既恼怒又感动，这种保护表现常常会使一颗高傲的心受到伤害。能够说，一种逃避受惠者的一切感激之情是对受惠者的一种蔑视，而这在一定程度上贬低了义举的价值。

“去找他,”他又说,“终归有一天我们能向这位神秘的保护者证明，我们并不是忘恩负义的人！要是能轮到我们为他效力，为了偿还他的恩情，甚至付出生命为代价，我们也在所不惜!”

从那天起，寻找恩人便成了他们的唯一心病。每件事都促使着他们去寻找这个谜的谜底，这谜底只能是一个在某种意义上是超人的名字。

过了不久，移殖民们便返回牲畜栏的房子里。在那里，在他们的精心照料之下使爱尔通的精神和体力都得以很快恢复。

纳布和彭克罗夫把匪徒的尸体抬进森林中，深深地埋进地里。

然后，大伙让爱尔通知道了在他被监禁期间所发生的事情。爱尔通这才知道移殖民们曾经历的诸多磨难以及赫伯特的历险。至于爱尔通，移殖民们则认为匪徒们已经残忍地杀害了他，所以根本没想到会与他重逢。

“可现在，”赛勒斯·史密斯讲述完后说，“我们只有一件事要做，然而如果说不必再担心匪徒们的骚扰，那也不应该是我们重新成为海岛的主人。”

“那好，”吉丁·史佩莱答道，“我们就对富兰克林峰支脉地形来个大搜查！决不错过任何一个微小的洞穴！啊！万一我发现了一处令人感动的秘密，那正是我来讲给你们听的时候，亲爱的朋友们！”

“如果找不到恩人，”赫伯特答道，“我们就不回‘花岗石宫’。”

“对！”工程师说，“只要能做到的，我们都要做……然而只有他愿意，我们才能找到他！”

“我们要住在牲畜栏吗？”彭克罗夫问。

“就住这里，”赛勒斯·史密斯答道，“这里补给充足，而且又能够成为我们搜查范围的中心。再说，坐上大车就能够很快地回到‘花岗石宫’那边去。”

“好，”水手答道，“然而还有一件事。”

“是什么事？”

“可别忘了好天气正在流逝，我们还要渡一次海呢。”

“渡一次海？”吉丁·史佩莱说。

“没错！去唐博岛，”彭克罗夫答道，“必须到那里去送一张纸条，指出林肯岛的位置，爱尔通现在正在这里，万一那苏格兰游船回来接他呢，谁知道会不会已经晚了？”

“可是，彭克罗夫，”爱尔通问，“您打算怎样渡海呢？”

“乘坐‘乘风破浪号’呗！”

“‘乘风破浪号’！”爱尔通喊道，“可它现在已不在了。”

“我的‘乘风破浪号’竟然不在了！”彭克罗夫暴跳如雷。

“不在了！”爱尔通答道，“就在8天前，匪徒们在小海湾里找到了它，然后他们就出海了，后来……”

“那后来怎么样了？”彭克罗夫的心怦怦直跳，追问道。

“后来，他们撞在了礁石上，然而船被彻底撞碎了！”

“啊！恶棍！这群卑鄙的东西！”彭克罗夫大声骂道。

“彭克罗夫，”赫伯特拉着水手的手说，“我们一定会造出另一艘更大的‘乘风破浪号’的，我们有各种铁器，那艘双桅横帆船上的全副索具又都归我们使用。”

“可是，”彭克罗夫回答说，“造一艘 30～40 吨位的船至少得花 5～6 个月？”

“放心，我们有的是时间，”记者答道，“然而今年肯定去不了唐博岛。”

“没有办法呢，彭克罗夫，只能这样了，”工程师说，“我希望这次延迟对我们没什么害处。”

“啊！我的‘乘风破浪号’！我可怜的‘乘风破浪号’！”彭克罗夫喊道，他确实非常沮丧。

无疑，对移殖民们来说，“乘风破浪号”的毁坏是一件憾事，这件事告一段落，大伙就忙于善始善终地对海岛最秘密的地区进行勘探。

搜索于从 2 月 19 日开始了，历时整整一个星期。他们搜索的地方是山脉的支脉，基部和无数分支之间形成了错综复杂的山谷和起伏跌宕的谷壕。那里狭窄的地带深处，甚至可能还深入到了富兰克林山脉的群山内部。要是有人想在海岛上寻找一处很难被别人发现的住处，这一地区是最合适的。然而支脉地带的地形就是如此复杂，赛勒斯·史密斯只好抱着严肃的态度开展搜索。

首先移殖民们搜查了面向火山南部而且连接着瀑布河源头的那一整座山谷。就是在那里，爱尔通向他们指出了匪徒们曾经藏身同时他被囚禁的那个山洞。那山洞的状况与爱尔通离开时完全一个样。大伙还在里面找回了一定数量的粮食和弹药，这些都是匪徒们掠夺来的，他们打算建起一座储藏仓库。

通向山洞的那个山谷，绿树成荫，其中很多都是纵树，大伙对那里进行了极其细致的搜查。接着，他们绕过西南支脉的顶端，进入了一条峡谷。

可是在这一地带，青草被乱石代替了，树木更加稀疏。野山羊和岩羊在岩石间飞跃。从这里开始就是海岛的荒芜地区了。大伙至此已经看到，富兰克林峰山麓那么多山谷之中，只有 3 个山谷像牲畜栏所在的山谷一样布满绿荫，还有很肥沃的牧场。

牲畜栏所在的山谷东临红河河谷，西临瀑布河河谷。这两条小溪由于有几条支流的注入，汇合了山上的所有水量，因此保证了南部山区的肥沃。至于感恩河，则更是直接地由大量消失在中南美剑森林下的水源汇合而成的，这条分流成千万条细流的河也是这个地区的生命保障。

这 3 处不缺水源的山谷，任何一处都能够作为藏身之所，他能够在这里找到一切生活必需品。然而移殖民们已经细致地搜查过这 3 处地方，可是他们却任何证据也没找到。

难道那位隐士和他的住所是在崎岖的北部山沟里，荒芜的峡谷深处，四处横流的火山熔岩之间，乱石堆之中？

富兰克林峰北部山麓地表没有一寸绿地，只有两条宽而且不深的山谷，散布着不规则的石块、熔岩、长长的冰碛条、长石岩和黑曜岩。对那一地区进行搜索既费时又费力。在那个地方，凹进去了成千上万个洞穴，住起来肯定不太舒服，然而隐藏且很难进去。甚至移殖民们也巡视了地质深成时期形成的那些阴暗的地道。这些地道一直深入到山中，这些火山焰火的喷发通道，至今还黑乎乎的，大伙举着点燃的树脂火把穿过那些昏暗的通道，看了看四周连最小的坑洞也仔细地搜查过，最浅的缝隙也量一量。然而到处都是寂静和黑暗。看上去是没有人曾涉足过这些古老的坑道，那个人的手也没搬动过一块石头。那些岩块保持着在海岛火山喷发时期的那个样子，显然还是老样子。

要是这里完全清静就好了。赛勒斯·史密斯却觉得这里并不是绝对的寂静。

当他到达那些昏暗的山洞中的一个延伸到深山内好几百英尺的山洞深处时，他惊讶地听到了一阵低沉的隆隆声，通过岩石的回射声音更加密集。

和他在一起的吉丁·史佩莱也听到了这一阵阵轰轰声，这意味着地下火焰正在复燃。他们两个不停地倾听，最后一致同意地下深处正发生着某种化学反应。

“看来火山并没完全熄灭？”记者说。

“从我们上次勘探以来，”赛勒斯·史密斯答道，“地壳下层可能发生了某些变化。任何一座被认为熄灭的火山，都有可能再度爆发。”

“如果富兰克林峰正酝酿着一场爆发，”吉丁·史佩莱问，“那以后会不会有危险呢？”

“我认为不会的，”工程师答道，“火山口就是一个安全阀门，有了它，过剩的烟雾和岩浆就会从那里喷出来。”

“如果岩浆向岛上肥沃的地区流去，那就完了！”

“为什么呢？”赛勒斯·史密斯答道，“岩浆为什么不沿着以前它们生成的通道流呢？”

“哎！可是谁也不知道火山的脾气啊！”

记者答道。

“请注意，”工程师接着说，“目前整个山区的倾斜度是有利于熔岩向我们现在所在的山谷喷流的。要改变熔岩的流向，除非发生一次地震，使山体的重心转移。”

“在目前的情况下，随时都可能发生地震。”吉丁·史佩莱指出。

“随时都可能，”工程师答道，“尤其是地下的力量静止了很久，现在又开始复活，而且地壳深处又有阻塞时。所以，亲爱的史佩莱，对我们而言一次火山爆发是一件要紧的事。我们又能怎么样呢，是不是？总之，无论如何，我认为我们的眺望岗领地是不会受到威胁的。富兰克林峰和眺望岗之间的地势明显低洼，要是岩浆朝克兰特湖涌去，那就会涌到沙丘上和鲨鱼湾邻近的地区。”

“我们还没看到山顶有一丝烟预示着火山很快就要爆发呢。”

吉丁·史佩莱说。

“没有，”赛勒斯·史密斯答道，“昨天我仔细地观察过了，没看到一丝烟气。可是，可能由于时间太长，火山通道下部熔岩和火山灰板结，以至于我刚才说到的那道阀门目前被堵住了。可是，在第一次严重爆发后，这一切障碍将烟消云散。亲爱的史佩莱，您应相信海岛好比锅炉，火山好比烟囱，它们都不会在气体压力下爆炸的。不过，火山最好还是别爆发。”

“可是我们并没听错，”记者接着说，“我们清楚地听到了火山的深处传来了很沉闷的轰轰声。”

“的确如此，”工程师再仔细地听了一下，然后答道，“没有搞错。那里面正酝酿着一次我们既无法估计其力量，也难预测后果的反应。”

赛勒斯·史密斯和吉丁·史佩莱走出通道后，告诉了同伴们这些情况。

“太棒了！”彭克罗夫喊道，“这火山的老毛病又发作了！这回可有人来制服它的！”

“是谁呀？”纳布问道。

“是我们的那位神灵啊，纳布，我们的那位神灵，他肯定会把它堵住的！”

水手对那位保护神无比虔诚！的确，至今那保护神曾通过多次无法解释的行动表现出来的神秘力量是无边的，而且，他还知道避开移殖民们细致的搜索。因为，虽然他们费尽心思、满腔热情去搜索，然而仍没有找到那神秘的住所。

从 2 月 19 日到 25 日，移殖民们扩大搜索范围到林肯岛的整个北部地区。他们连最隐蔽的角落也翻了个通天，甚至工程师非常仔细地把山峰从头到尾搜索了一通，直到最底层的石块。搜查就这样开展到火山的锥顶，然后，又直到那处底部就是火山口的“大圆帽”的上部山脊。

大伙还进入了火山口中搜查，火山目前还熄灭着，然而深处却传来了清晰的轰轰声。可是，没有一股气体，也没有一丝烟雾，石壁上也不发烫，没有迹象表明火山就要爆发了。可是，不论在这里，还是在富兰克林峰的任何其他地区，移殖民们都找不到他们要找的人的踪迹。

于是，搜查就指向整个沙丘地带。

虽然到达海湾的路极其难走，大伙还是认真地把这高耸的鲨鱼湾岩壁检查了一遍。

可是，他们还是一无所获！

一无所获概括了这次搜索的结果。赛勒斯·史密斯和他的同伴们失望得都快恼怒了。

所以，他们该考虑回去了，因为搜索不能拖下去。移殖民们完全有理由认为那神秘的人不住在海岛的地面上，于是他们又开始开动他们的想象力，想入非非。彭克罗夫和纳布，他们不再满足于觉得奇怪，甚至想象到了存在一个超人世界。

到了2月25日，移殖民们回到了“花岗石宫”。他们用弓箭将双股绳子射到门的平台上，就这样恢复了住宅和地面之间的联系。

3月25日那天，就是他们到达林肯岛3周年的日子！

十六

他们逃出来已有3年了。在这3年间，他们不知多少次谈论到自己朝思暮想的祖国啊！

此时他们毫不怀疑内战已经结束，而且他们认为北军的正义事业肯定取得胜利。可是，在这场可怕的战争中，发生过哪些事情呢？他们有哪些朋友在这场争斗中付出了生命呢？又有多少人流血了呢？这就是他们经常谈论的话题，他们还不知道什么时候才能返回祖国。哪怕回去几天，也要重新恢复与文明世界的社会联系，然后再返回这块他们建立起来的而且那时将属于他们的祖国的移民地上，度过他们一生中最长或许还最幸福的时光。这难道是一个不能实现的梦想吗？

如果要实现这个梦，只有两种方法：或者有一天，一艘船出现在林肯岛水域上；或者移殖民们自己造一条船，能坚持行驶到最近的陆地上。

“如果那位神秘人给我们提供回国的工具，就好了！”彭克罗夫总是说。

的确，即使有人告诉彭克罗夫和纳布说有一条300吨位的船在鲨鱼湾等着他们，他们绝不会有任何惊奇的表现的。现在他们认为，什么事情都是有可能发生的。

然而赛勒斯·史密斯并不那么有信心，他劝他们面对现实中，尤其是在造船的问题上，因为这关系到要尽快把一份说明爱尔通新住址的文件送到唐博岛。

至少需要6个月才能造一条新船。可是，冬季来临，只有等到明年开春前才能航行。

“这样吧，从现在到天气转暖前有足够时间做好准备工作，”工程师与彭克罗夫商量着这些事，他说，“朋友，那我就想，既然我们得重造一艘船，那最好就造大一些。苏格兰游船能否到唐博岛去是非常没把握的，甚至可能在几个月前它就来过唐博岛，没有找到爱尔通，就离开了，因此，造一艘在必要时能把我们载到波利尼西亚群岛或新西兰去的船，不是更好吗？您是怎样想的呢？”

“我认为，赛勒斯先生，”水手答道，“我认为您完全有能力造大船。木材，工具，我们样样不缺。现在只是时间的问题。”

“需要多长时间才能造一艘250至300吨位的船呢？”赛勒斯·史密斯问。

“至少要七八个月，”彭克罗夫答道，“然而别忘了在大冷天里，是很难干木工活的。因此，估计要有几个星期不能开工。这样一来，如果明年11月份能把船造好，就算幸运了。”

“那好，”赛勒斯·史密斯答道，“那时正是进行一次有一定意义的航行的好季节，我们能够去唐博岛或更远的地方。”

“没错，”水手答道，“您去设计图纸吧，工人已经准备好了，我认为在现在的情况下，爱尔通会大大助我一臂之力的。”

对于工程师的计划，移殖民们完全同意。毋庸置疑，这是最好的办法。造一艘两三百吨位的船确是一项大工程，然而移殖民们充满十足的信心，因为他们已经有了成功的经验。

于是，赛勒斯·史密斯着手设计图纸和制作模型。在此期间，他的同伴们则忙于砍伐树木，准备做成船的肋骨、船舷和曲板等。远西森林产出优质的木材。大伙利用上次探险时走出来的小道开辟出一条能够运输的道路，命名为远西路，然后把木材运到“石窟”中的造船车间里。至于刚才提到的那条路，由于有点关系到木材选择的缘故，路非常弯曲，然而它却大大方便了到盘蛇半岛大部分地区去的交通。

湿木材不能用，必须有一段时间让其干硬，所以重要的是要迅速地把这些木材砍下来并锯开。因此，木工们在4月份干得热火朝天，杰普“老爷”机灵地帮着他们，它不是爬到树梢上系上伐木绳，就是准备利用宽厚的肩膀把砍下的树干抬回去。所有这些木材都被堆在一间大木棚里，这棚子就建在“石窟”附近。木材就放在里面等候造船之用。

4月份的天气相当好，和北半球10月份的天气一样晴朗。在这期间，地里的工作也积极地展开着，眺望岗上被洗劫的痕迹很快就消失了。家禽饲养场上建起了一些新房舍，磨坊也已经重建好。家禽繁殖迅速，房舍面积必须扩大。厩房里现在容纳着5头野驴，其中有4头长得强壮，训练得好，既肯拉车，又能骑人；移民地上的工具又多了一张犁，野驴能够套上犁耕作，就好比真正的约肯州或肯特基州耕牛一样干活。移殖民们各自分工而作，没有人闲着。因此，这些劳动者的身体是多么的健康啊！他们在“花岗石宫”的夜晚洋溢着多么愉快的气氛啊！这样的气氛没有什么计划实现不了！

不用说，爱尔通完全融入了集体生活，搬离了牲畜栏。可是，他总是寡言少语，闷闷不乐，宁愿投身工作，也不愿与大伙分享欢乐。然而他是一个吃苦耐劳的工人，他强壮、敏捷和聪明。大伙都尊重他、爱戴他。这一点他是很清楚的。

每隔5天，就有一个移殖民驾着车子或骑上一头野驴去照料栏里的岩羊和山羊群，并带回羊奶充实纳布的储膳室。途中还是打猎的好机会。因此，赫伯特和吉丁·史佩莱、托普走在最前面比任何其他伙伴跑牲畜栏这条路都跑得更勤快，他们带着上好的枪支。于是，家里再也不缺少野味，大的有水豚、刺鼠、袋鼠，小的有沙雉、山鸡和野鸭；此外，还有兔子饲养场和牡蛎饲养场的产品，捉到的几只海龟，新钓到的那些涌进感恩河河水中的美味鲑鱼，森林里的野果，眺望岗的蔬菜，真是品种丰富，好吃极了，大师傅纳布管都管不过来。

“花岗石宫”和牲畜栏之间的电报线路也修复了。如果哪一位移殖民到牲畜栏去，且认为有必要在那里过夜，打个电报回来就行了。现在海岛不必再担心会受到任何人的侵入。

可是，已经发生的事并不代表以后不会发生。海盗或逃犯的再次登陆还是令人担心的。说不定包波·哈威的那些还囚禁在若乎科岛的同伙或同谋会打算走他的老路呢。因此，移殖民们不断地观察着海岛周围的海面，每天，他们的望远镜总要扫过合众国湾和华盛顿湾之间那广阔的天际边。

当他们去牲畜栏的时候，他们也同样仔细地观察了西部海面。

虽然没有发现任何可疑的现象，然而还得坚持放哨。

所以一天晚上，工程师向他的同伴们提出了加固牲畜栏的计划。他认为为防万一，最好加高栅栏的高度，并在旁边建一个碉堡，因为在必要时，所有人都能够躲到里面抗击大股的敌人。由于“花岗石宫”特殊的位置，能够说是攻而不克的。而牲畜栏原有的贮藏的物资和养着的家禽，总会成为在海岛上登陆的海盗的攻击目标。所以，一旦移殖民们被迫困在里面，他们应该能抵挡住而不是不堪一击。

这是一个暂时施行不了的计划，这时候施工不得不推迟到明年春天。

5 月 15 日，新船的龙骨已经放在了工场里。不久，船的艏柱和艉柱也分别合上了榫头，那条龙骨是用优质橡木做成的，长达 110 英尺，能支起一条宽为 25 英尺的主横梁。然而在严寒和坏天气来临之前，木工们就只能做到这了。在接下来的一个星期里，大伙还安装了第一批船肋；然后，就不得不暂时停工。

在这个月的最后几天里，天气特别恶劣。东风猛吹，最厉害的时候竟像飓风一样。工程师对造船的工棚有几分担心——可是，因为小岛只能挡住一部分怒潮，然而在大暴风雨中，海涛会直接地冲到花岗岩石壁脚下，所以他又不能把工棚搭在“花岗石宫”附近的其他地方。

确切地说，呼啸吹来的是东南风。所以很幸运这些担心是多余的。在这种情况下，“花岗石宫”的海岸就完在遗物岬这座凸角堡的保护之下。

彭克罗夫和爱尔通是新船最勤奋的制造者，他们是不怕风吹雨打的硬汉子，不论是好天气还是坏天气，他们的锤子照样捶得准。然而当一阵阵严寒在这段潮湿时期之后到来时，干起活来极为困难，到了 6 月 10 日，造船的工作就不得不完全停止了。

赛勒斯・史密斯和他的同伴们并非丝毫没有注意到林肯岛的冬季是多么的寒冷。这里的严寒程度与新英格兰几州不相上下，要是在北半球，或至少是在美利坚合众国北部所在的地区和新大不列颠岛，这种现象能够解释为那些地区地势平缓，没有任何高地阻挡北极吹来的冷风；然而在这里，说到林肯岛，这种解释就不适用了。

“甚至有人已观察到，”一天，工程师对同伴们说，“在相同的纬度上，岛屿和沿海地区就没有内陆寒冷。比如伦巴第的冬天就比苏格兰的冬天冷多了。这是因为海洋在冬天就把夏天吸收的热量释放出来。所以，岛屿的这种温差不会太大。”

“可是，赛勒斯先生，”赫伯特问，“为什么林肯岛的情况不是这样呢?”

“这很难解释，”工程师答道，“可是，我想这种特殊性是由于林肯岛的位置处在南半球，就像你知道的那样，南半球比北半球更冷。”

“的确是这样，”赫伯特说，“太平洋南部有浮冰的纬度就比北部有浮冰的纬度更低。”

“这倒是真的，”彭克罗夫答道，“我干捕鲸手那一行时，就曾在合恩角附近见到冰山群呢。”

“或许能够这么解释，”吉丁·史佩莱说，“袭击林肯岛的寒流，是由于在相对来说非常近的距离外存在着冰山或大浮冰而形成的。”

“的确，您说得很对，亲爱的史佩莱，”赛勒斯·史密斯答道，“我们这里的冬天如此寒冷，显然是由于太靠近大浮冰。同时我还得提醒您注意一个使南半球比北半球冷的自然原因。夏季时，太阳离南半球较近，在冬季时它肯定离得较远。因此，这也是寒暑季节温差大的原因。要是我们觉得林肯岛的冬季特别冷，相反这里的夏季又特别热。”

“可到底是什么原因呢?”彭克罗夫蹙着眉头说，“为什么我们的南半球，相差那么大呢？这真是太不公平了!”

“彭克罗夫朋友，”工程师笑道，“无论如何，都得顺着它。这种特殊情况的由来是这样的：地球绕着太阳转的轨迹不是一个圆，而是一个椭圆形，这是合理的力学定律决定的。地球是这个椭圆上的一个焦点，因此，在其运行中的某一时期，它是位于远日点，而在另一段时期，则处于近日点，现在，在南半球冬季时，地球正好处在离太阳最远的点上，因此，在这种既定条件下，这些地区经正经历着更加严寒的冬天。对于这些，我们是无能为力的，即使人类是多么知识渊博，也永远无法改变宇宙规律。”

“可是，”彭克罗夫很不服气地补充说，“这世界是多么渊博啊！要是把人们所掌握的一切写成书，那该是一本多厚的书啊!”

“如果把人们不知道的一切也写成书，那本书更厚。”赛勒斯·史密斯答道。

总之，不管什么原因，6月份又带来了照常的严寒天气，移殖民们只好经常躲在“花岗石宫”里。

啊！大伙难以忍受这种监禁式生活，或许吉丁·史佩莱尤甚。

“喂，”一天他对纳布说，“如果你能随便到什么地方，给我弄来随便一份报纸，我就立下字据把我将来该拥有的所有财产全部送给你！每天早上知道这里还有其他地方前一天发了什么的事情！这是我的生活中最缺的。”

纳布笑了起来。

“上帝啊，”他答道，“我呀，我是要忙乎的，我可有很多事要做呢！”

实际上，从里到外都不缺活干。

林肯岛移民地历经3年的建设，此时正进入鼎盛时期。

那艘双桅横帆船是一笔财富的新来源。且不说那整套将在工场里用于新船上的帆索缆具，那各种各样的器皿和工具、衣物和用具、枪支和弹药，现在就堆满了“花岗石宫”的仓库。移殖民们甚至没必要再制作那种粗糙的毛毡了。如果说他们在第一个冬天饱受了严寒，那现在，他们再不会对严寒产生恐惧。因为大伙有很多棉麻织品，赛勒斯·史密斯从氯化钠，也就是海盐中轻而易举地提取出小苏打和氯。小苏打很容易转化成碳酸盐碱，而氯能够转化成漂白粉和其他物质，这两样东西都被用于日常家用中的衣物漂洗。除此之外，他们像古时候的家庭一样，每年只洗4次衣服。顺便说一句，吉丁·史佩莱和彭克罗夫在等待着邮差给他们送报期间，成为优秀的洗衣工人。

冬季的3个月就这样过去了。这段时间平均温度不超过华氏8度，即零下13.33摄氏度，非常寒冷，比去年冬季的气温还低。因此，大伙一点也不节省燃料，因为这些东西在距“花岗石宫”仅几步之遥就完全天然地长有，“花岗石宫”壁炉的炉火不断地旺烧着。再说造船剩余的碎木料也能够使他们节约煤炭，煤炭运输是比较费力的。

岛上一切都很好。只是杰普“老爷”显得有点怕冷，这是它仅有的弱点，因此得给它做一件填满厚厚的棉絮的好睡袍。它温顺、热情、不知疲倦、不多嘴、不冒失啊，大伙完全有理由推荐它为新旧大陆它的两足同类的模范！

“它啊，”彭克罗夫老是说，“它有4只手干活，当然干得好啦！”这只聪明的四手动物干得蛮好的！

自从到山周围进行搜索以来，已经过去7个月了，在这期间，还有天气转好的9月间，海岛上的那位神仙杳无音信，他没有再出现。然而事实上也无需他显灵，因为在此期间，岛上并没发生任何事故，使移殖民们经历磨难。

甚至赛勒斯·史密斯注意到，如果说那位神秘人和“花岗石宫”里的人之间的联系已经穿过花岗岩壁建立起来，在这段时期里，却没有再发生过这种情况。狗完全不再呜呜叫，猩猩也不再烦躁不安。这两个朋友再也不绕着里面的井口转，它们也不再用那种曾经表现出来，引起工程师注意的古怪方式吠叫和呜呜叫。然而工程师会认为那个谜就到此为止，谜底将无法揭开吗？他能肯定不会再发生什么意外，使那位神秘的人物重新登台吗？谁也不知道！

冬天结束了。就在大地刚刚回春的前几天里，又发生了一件可怕的事情。

9月7日，赛勒斯·史密斯观察了富兰克林峰山顶，看到火山口上缭绕着一股轻烟，火山的第一股蒸气正直冲云霄。

十七

移殖民们听到工程师的通知，放下工作，默默地注视着富兰克林山的顶峰。

火山复活了。蒸气透过火山口底下积累的矿石岩层升了起来。然而地下的火会不会引起激烈的爆发呢？这可是谁也说不准的事。

可是，就算火山有爆发的这种可能性，然而林肯岛不可能会全部遭殃。火山喷发物并非永远都会造成灾难的。海岛以前曾经历过这种考验，山的北坡岩浆条纹就证实了这一点。此外，从火山口的形状和它上边边沿处凹下去的缺口看，火山喷出物应该是往岛上肥沃地区的相反方向流去的。

过去的情况却不一定能够回答将来的问题。往往会出现这种情况，在火山的顶部，旧的火山口堵塞了，而出现了新的火山口。这种情况在新旧大陆都发生过，比如，埃特纳火山、波波提卡佩特峰和奥里萨巴火山。因此，火山爆发前，个个都会胆战心惊的。总之，只要出现地震就足以使山内部结构发生变化，给白炽的熔岩打开一条新的出路。

赛勒斯·史密斯向伙伴们解释了这些事，并严格遵照现实向大家说明了这正反两种可能性。

总之，大家都无法阻止。看来“花岗石宫”不会受到威胁，除非发生了震撼大地的地震，然而要是在富兰克林峰南部石壁内出现新的火山口，那牲畜栏就要遭到致命威胁。

从那天起，蒸气就不断地从山顶上冒出来。甚至大伙能够观察到，虽然大股的浓烟中并没有掺杂着火焰，然而蒸气却冒得越来越高，尤其是中央火山口较低的地方，喷出来的烟就更甚了。

天气转好了，大伙又继续干活。他们必须抓紧造船，再说，赛勒斯·史密斯利用海滩上的瀑布，建起了一座水力锯木场，这样就能够迅速地把树干锯成木板。这套机械设备就像在挪威的乡村锯木场中运作的那些同样简单。先用一个水平装置推动木材，再用一个垂直装置转动锯子，这就是整套设备了。工程师成功地在上面巧妙地安装上了这套设备。

将近9月底，在造船工场里已经形成了未来的双桅纵帆船的骨架。整个框架几乎完全竣工了，所有的肋骨都由一根临时拱条固定着，已经能够看出一艘船的轮廓。这艘双桅纵帆船，船尾流畅，船首很尖，在必要时候，显然很适合于做长距离的远航。可是甲板、内部护板和包板的铺置工作还需要一段相当长的时间。令人非常高兴地是，那艘旧双桅横帆船的铁制品在海底爆炸后都打捞了上来。彭克罗夫和爱尔通从损坏的包板和曲板上拔下了木栓和大量的铜钉子，尽可能地节省了铁工活儿，然而木工活却总也做不完。

到了眺望岗上各种作物丰收进仓时，造船工作不得不暂时中断一个星期。农忙一结束，以后又都全部投入那艘双桅纵帆船的制造中。

到了晚上，工人们都精疲力竭，为了不浪费时间，他们调整了吃饭时间：正午吃午饭，天黑以后才吃晚饭，然后就回到“花岗石宫”立即就寝以便节省时间。

可是有时候，对某个有趣话题的谈论也会推迟一点睡觉的时间。大伙总满怀希望地谈到未来，他们兴致勃勃地谈到乘坐双桅纵帆船到最近的陆地去会给他们的处境带来的变化。然而在这些计划中，将来要返回林肯岛的思想总是占主导地位。他们从来没有想过放弃这片他们费尽心血建立起来的移民地，再说一旦和美国联系上，这里就会有新的发展动力。

彭克罗夫和纳布希望在这里过一辈子。

“赫伯特，”水手老是说，“您永远不会离开林肯岛，是不是？”

“彭克罗夫，如果您决定留在这里的话，我就永远不会！”

“我早就打定主意了，孩子，”彭克罗夫答道，“我会等您的！您把您的妻子儿女带来，我会把您的孩子教育成坚强勇敢的人的！”

“那就这样说定了。”赫伯特一边笑一边红着脸说。

“至于您，赛勒斯先生，”彭克罗夫接着狂热地说，“这岛能养活多少人呢？至少一万吧！您将永远是岛上的领袖！”

大伙就这样聊天，彭克罗夫自由发挥下去，按他的想法，记者终将办出一份叫《新林肯岛先驱报》的报纸呢！

人之所以能成为万物之灵，就是因为人有一种欲望，要做不朽的事业，这种事业在其死后还将继续下去。正是这样，人才主宰着世界，而世界上早证实这一点了。

除了人，谁知道杰普和托普它们对它们的未来是不是怀着理想呢？

爱尔通心里则暗暗地想着，他要再见到格勒乃望爵士，向他忏悔过去。

10 月 15 日晚上，这样的谈话比平时延长了一些时间。现在已是晚上 9 点，长长的呵欠催促着大伙上床休息，说明大家该休息了。当彭克罗夫正要向床边走去时，大厅里的电报铃突然响了。

所有人都在这里啊：赛勒斯·史密斯、吉丁·史佩莱、赫伯特、爱尔通、彭克罗夫，还有纳布，都在啊，移殖民们中谁也没到牲畜栏。

赛勒斯·史密斯站了起来。他的同伴们面面相觑，认为自己听错了。

“这究竟是怎么回事？”纳布喊道，“难道是鬼打的铃吗？”没人回答。

“快要下暴雨了，”赫伯特指出，“难道是电的感应……”

没等赫伯特话把说完，工程师就否定地摇摇头。

“再等一等吧，”此时吉丁·史佩莱说，“如果这是和我们联系的信号，不论是谁发的，他总会再发一次的。”

“可您认为会是谁呢？”纳布喊道。

“只能是，”彭克罗夫答道，“那个……”

又一阵电报机嗡嗡声打断了水手的话。

赛勒斯·史密斯飞快地向发报机跑去，接通电源往牲畜栏发去电报，问道：

“您想要什么？”

几分钟后，只见指针在字母盘上转动起来，回答“花岗石宫”的主人们：

“请立刻到牲畜栏。”

“终于来了！”赛勒斯·史密斯喊道。

没错！终于来了！谜底就要揭开了！在这驱动着他们前往牲畜栏的强烈兴趣前，移殖民们的疲倦早已荡然无存，都没有了休息的欲望。他们二话没说，几分钟后就离开了“花岗石宫”，来到了海滩上。只有托普和杰普留了下来，这次他们不需要它们陪着。夜色深深。那一天的新月已经和太阳同时西下了。正如赫伯特指出的，大片的暴风雨云形成了一个低垂在天空的穹隆，几道闪电，映射着远处的暴风雨，照亮了天际。一会雷电可能就要落在海岛上。这一夜非常恐怖。

可是，无论天色多么黑，也阻止不了他们。他们登上了感恩河左岸，到达了高地，通过甘油河上的吊桥，穿过森林向前进。

他们走得很快，心情异常激动。毋庸置疑，他们终将解开那个寻找了许久的谜底那个深深地闯进他们的生活中，那么无私地帮助过他们而且又那么神通广大的神秘人物！的确，要是这位未谋面者没有介入他们的生活，不了解他们的生活，没有听到“花岗石宫”里的谈话，那他怎么总能在紧要关头帮助他们呢?

每个人都在沉思，加快了脚步。天黑得连走在路边也伸手不见五指。此外，森林里万籁寂静。飞禽走兽在这种沉闷气氛的影响下也没有任何动静，静静的，树叶一动也不动。只听见移殖民们踩在干硬的地面上发出的脚步声，在黑暗中回响着。

行走的前15分钟里，周围一片寂静，只有彭克罗夫打破沉默说:

“我们应该带上一盏灯。”

工程师则答道:“牲畜栏那边会有的。”

赛勒斯·史密斯和他的同伴们离开“花岗石宫”时是9点12分。到了9点47分，他们就走完了感恩河河口到牲畜栏之间3/5的路程。

此时，银白色的闪电在海岛上空开花，仿佛树叶的齿状边缘。密集的电光耀眼得使人几乎看不到东西。显然，暴风雨很快就会来临。大气非常沉闷，远处的轰轰雷声滚过天际深处。

移殖民们好像被一种不可抗拒的力量推动着，急忙地向前走。

10点15分时，一道夺目的闪光照亮了牲畜栏的围栅。大伙还没来得及跨过大门，一声炸雷就从天而降。

大家穿过了牲畜栏，很快就来到了房子前面。

既然电报是从这屋子发出去的，那么那个神秘人肯定就在屋子里。可是，窗户上一丝灯光也没有。工程师敲敲门。没有一个人回答。

赛勒斯·史密斯推开门，他们一起走进了漆黑的房子里。

纳布擦亮了火柴，手提灯点着了，照亮着房间里的所有角落……里面没人。一切依然与移殖民们上次离开时一样。

“我们是不是被幻觉迷惑了?”赛勒斯·史密斯小声说。

这绝不可能!电报上明明说:

“请立刻到牲畜栏。”

大伙走近放置电线装置的那张桌子。桌子上还和以前一样，电池和装电池的盒子，还有发报机和收报机都按原样没动。

“是谁最后一次来过这里的?”工程师问。

“是我，史密斯先生。”爱尔通答道。

“是在哪一天……”

“就在 4 天前。”

“啊！一张纸条！”赫伯特指着放在桌上的一张纸条喊道。

在那纸上，用英文写着：

“沿着新电线走。”

“我们现在就走吧！”赛勒斯·史密斯喊道，忽然明白过来那封电报不是从牲畜栏发出的，而正是由一根接到旧电线上的附加线从那神秘的住所发出的。

纳布提着手提灯，大伙一块离开了牲畜栏。

这时，空中电闪雷鸣，暴风雨来势凶猛，富兰克林峰和整个海岛被闪电迅速照亮了。在不间断的雷电中，大伙能够望到缭绕着烟雾的火山顶峰。

在牲畜栏里从房子到栅栏之间并没任何电报线。可是，走出大门后，工程师跑到第一根电线杆旁，在闪电中，能够看清一根新电线从绝缘子上掉下来，拖到了地面上。

“肯定是这条！”他说。

这根电线拖在地面上，经过了海底电缆一新的加工，整条电线上都包了一绝缘物质，以保证电流自由通过。从它的走向看，这条电线好比是穿过了森林和富兰克林峰南部支脉。

“顺着它走！”赛勒斯·史密斯说。

于是，移殖民们沿着电线赶路，他们时而在手提灯光照耀下，时而在闪电之中。

此刻，雷声不断地轰鸣，声音太大连说话的声音也听不见，这时也不是说话的时候。

赛勒斯·史密斯和同伴们先攀上了屹立在瀑布河和牲畜栏山谷之间的支脉，从最狭窄的地方通过了瀑布河。那根电线时而挂在树木低低的枝头上，时而沿着地面向前伸展引导着他们向前走。

工程师原认为那隐蔽的住所可能就在山谷深处这根电线可能会在那里打住。

事实却完全不是那样。他们还得登上西南支脉，然后走下到那片贫瘠的高地，在尽头是布满怪石的峭壁。移殖民们中这个或那个不时得弯下腰，用手摸一摸电线，在必要时纠正一下方向。然而事实上能够肯定这根电线是一直通到大海的。在那个地方，在火成岩的某个深处，就藏匿着那个大伙至今为止徒劳地寻找着的住所。天空仿佛着火似的，一道闪电紧跟着一道。好几道闪电击在火山顶峰上，然后闯进了处在浓雾包围中的火山口里。

快到 11 点的时候分，移殖民们来到了濒临西部海洋的峭壁上。这个时候刮起了大风，海浪在 500 英尺下的海面上翻腾。

根据赛勒斯・史密斯的估计，他们从牲畜栏出发以来已经走了 1.5 英里。

电线在这个地方伸进了岩石堆中，沿着那座相当陡的斜坡中的一条狭窄的沟壑向前延伸。

移殖民们冒着可能踩到某处失衡晃动的岩石随时可能掉进海里，走进了那条沟壑中。向下走是异常危险的，然而他们并不在乎危险，他们已经无法控制自己，一种无法抗拒的引力，就犹如磁铁一样，吸引着他们向那个神秘的地方走去。

这个沟壑即使在白天也很难走，他们都不知道自己是怎么走下去的。这里石块飞滚，而且当石块滚过有光亮的地带时，就像火流星一样发光。赛勒斯・史密斯在前面带路，爱尔通则跟在后头。他们一步一步地走，爬过光滑的岩石，继续赶路。

最后，那根电线突然拐了个弯，伸进海岸边的岩石丛里。那海岸边简直布满了礁石，大海潮肯定会涨到这里来的，他们已经到了峭壁的尽头。

在那里，海面形成平行水平的方向，与延伸着一条狭窄的沟壑。那根电线沿着狭沟向前伸，移殖民们也跟着走。不到 100 步，那狭沟就沿着一个不太陡的斜坡下降到海面上了。

工程师抓住电线，发现电线钻到了海底。

他的同伴们在他身旁停了下来，绝望不已。

他们很失望，难道要他们钻进水里去寻找海底洞穴吗？然而在当时那种精神和体力过度兴奋的情况下，他们可能会毫不犹豫地这么做的。

然而工程师想了想，拦住了大家。

赛勒斯・史密斯把伙伴们带到一处岩洞底下。

“等一等，”接着，他说“现在正在涨潮，等退潮了，路就会露出来的。”

“然而您是怎么知道的……”彭克罗夫问。

“要是没有路能够通到他那里，那么他叫我们来了就肯定有路!”

赛勒斯·史密斯说话时口气是那么肯定，谁也没有表示异议了，得承认，在峭壁脚下肯定有一个出口，只是现在被潮水堵住了，等退潮时就能够走。

于是，移殖民们默默地蜷缩在一处凹进岩石里的深坑中。等退潮此时开始下雨了，很快就雷声轰鸣，电光大作。岩罅中回荡着炸雷的响声。

他们很兴奋，千万个离奇怪诞的想法从移殖民的脑海中掠过。他们设想着某个魁伟而且超人的形象。因为只有这么一个人，才符合他们想象中岛上的神秘圣人，那个神秘仙人。

到了午夜时分，赛勒斯·史密斯提着灯走到海滩下，察看情况。此时已经退潮两小时了。

果然不出工程师所料，一个巨大的岩洞拱顶开始露出水面。在那里，那根电线伸进了那个张开的“大嘴”里。

赛勒斯·史密斯回到了同伴们身旁，简单地对他们说：

“再过一个钟头，就能够进洞了。”

“那么真的有洞口吗?”彭克罗夫问。

“您还不相信吗?”赛勒斯·史密斯反问道。

“然而那个洞可能会被水淹到一定的高度的。”赫伯特指出。

“我认为有两种可能。要是那个洞完全没水，”赛勒斯·史密斯答道，“我们就走进去。要是有水，那就会有什么交通工具给我们使用的。”

一个小时过去了，大家冒着雨走到海平面上。在3小时内，海潮已经退了15英尺。那拱形洞口的弧形顶部距水面至少有8英尺。那就像一个桥孔，底下的海水泛着浪花。

工程师俯下身，看到了一个黑色的物体，他就把它拉了过来。

原来是一只用一根绳子系在石壁内的小艇。这只小艇的艇身包着铁皮。艇底座位下放着两只桨。

“上船吧。”赛勒斯·史密斯说。

移殖民们没多久，就都坐在小艇内。纳布和爱尔通划桨，彭克罗夫掌舵。赛勒斯·史密斯坐在船头，手提灯放在艏柱上，照亮前进的路。

那个拱洞非常之低，小艇先从下面通过，然后突然抬了起来，然而洞里很黑，手提灯的光线又不足以让大伙既无法看清这个岩洞的深度，也无法看清它的高度和宽度。在这个玄武岩洞穴中，笼罩着深深的寂静。外面没有一点声音能渗进来，甚至雷鸣闪电也无法穿透它那厚厚的石壁。

在地球的其他地方也有这种巨大的岩洞是地质时期形成的天然石洞。其中有些受到海水入侵，有些侧部藏着整个湖泊。自然界在世界各地开凿了这些山洞，并保留下来供人类欣赏。

至于此时这个移殖民们正在探索的这个岩洞，它会不会一直通向海岛中央呢？小艇在岩洞中弯弯曲曲地走了15分钟，工程师不时地向彭克罗夫发出简短的指令：

“靠右点！”他命令道。

小艇立刻用右侧贴着石壁走。工程师想弄清楚电线是否还沿着石壁延伸着。

那根电线还在那里，挂在岩石的凸出部位上。

“前进！”赛勒斯·史密斯说。

于是，那两只船桨伸进黑暗的水中，小船向前驶去。

小艇又走了15分钟。从那个岩洞口到这里，至今应该走了半海里路了，这时，赛勒斯·史密斯又说：

“停下！”

移殖民们见到了一束强烈的光线照亮着一个深入海岛深处的巨大洞穴。

此时，有必要仔细地观察这个洞穴了。

一个圆形拱顶在100英尺高处，由一些似乎是同一个模子铸出来的玄武岩柱子支撑着。拱底石参差不齐，一些奇形怪状的肋线纹在这些在地球形成初期就竖起来的柱子上。这些玄武岩柱子一段嵌进一段，有40~50英尺高。

洞外风云动荡，然而洞内的海水却平静地泡浸着石柱的基部。工程师指出的明亮的光源，利用每处菱形石壁，反射出灿烂的光芒，像镜子那样把石壁照得四壁辉煌，把石壁的最小突凸处也点缀成闪光的宝石。

水面上由于这种反射作用，闪闪发亮，小船漂流在两道光亮之间。

显然，这个明亮的世界是由光源中心投射产生的。它的光线照亮了洞穴中的每个角落，这种光是一种电源产生的，它那银白的颜色就泄露出它的来源，它是这个洞穴里的太阳。

赛勒斯·史密斯打了个手势，桨又划进水中，激起绚丽的水花。小艇向那光源驶去，他们很快就距那里不到半链之遥。

这里的水面宽度将近350英尺。能够看到，离光源不远处是一扇巨大的玄武岩墙壁，堵住了岩洞那一边的所有出路。可见，这洞穴是非常宽大的，然而和大海比起来，它只不过是个小湖而已。它的拱顶、尽头的峭壁、两边的石壁、全部的棱柱、圆柱和锥体，都沐浴在电光中。那光源把四周照得如此之清晰，以至于那些石块看上去像昂贵的钻石一样，光彩夺目。

在湖中央，一个长梭形的物体漂浮在水面上，一动不动地。里面的光亮是从两侧射出来的，就像从一个加热到白热化的炉子一样。那设备就好比一条巨大的鲸类动物，或许长250英尺，高度是10~12英尺不等。

小艇慢慢地向它驶近。赛勒斯·史密斯站在船头，凝视着前方。突然他抓住记者的手，喊道：

“是他！只能是他！再不会是别人了……”

接着，他又坐到凳子上，低声地说出了一个名字，而他的话只有吉丁·史佩莱一个人才能听得到。

很明显，记者认识这个人。这个名字在记者身上产生了一种奇特的反应，他低沉地答道：

“是他！一个不受法律约束的人！一个逍遥自在的人！”

赛勒斯·史密斯说：“是他！”

根据工程师的指示，他们把小艇依靠在它的左舷停靠，只见这里有一束光线透过厚厚的玻璃射出来。

赛勒斯·史密斯和同伴们一起登上平台，然后大伙一起向那舱口奔去。

扶梯下面是一条内部纵向通道，里边灯光通明，通道尽头是一扇门，赛勒斯·史密斯把它推开了。

移殖民们迅速地从一个装饰得富丽堂皇的客厅穿过就来到了书房，书房里的天花板很明亮，上面泻下一片炫目的光芒。书房尽头是一扇大门，门也关闭着。然而也被工程师推开了。

展现在移殖民们眼前的是一个宽敞的客厅。移殖民们仿佛进了仙境似的，因为这里陈列着矿物界的一切珍品。

他们看到了一张昂贵的长沙发，上面躺着一个人。这人似乎没有注意到他们进来。

这个时候，赛勒斯·史密斯提高嗓子，这使他的同伴们非常惊讶，他说道：

“涅莫船长，是您叫我们来的吗？我们来了。”

十八

那躺着的人一听到话声，就坐了起来，脸在灯光之中：他有威武的相貌，傲然的目光，高耸的额头，花白的胡须，飘逸的长发，并垂挂在身后。

这人用手撑住沙发的靠背，站了起来，能够看出，他正受到某种慢性病的折磨，身体已经变得虚弱了，然而他的声音还是很洪亮，这时，他带着特别惊讶的口吻用英语说：

“我没名字，先生。”

“然而我知道您！”赛勒斯·史密斯答道。

涅莫船长用锐利的眼光盯着工程师，然后，他又坐到沙发的垫子上，小声地说：“算了吧，这又有什么关系，反正，我也快要死了！”

赛勒斯·史密斯走到涅莫船长身边，吉丁·史佩莱抓住船长的手，发现他的手是滚烫的，可能正在发热。爱尔通、彭克罗夫、赫伯特和纳布则恭恭敬敬地站在这间豪华的大厅的一角。

可是，涅莫船长迅速把手缩了回去。然后他打了个手势，示意工程师和记者坐下。

大伙都怀着感激之情尊敬地看着他。那里坐的正是他们尊称为“海岛神仙”的人，那个曾经那么多次那么有效地援助过他们的无所不能的人，那个他们感激终生的恩人！彭克罗夫和纳布原认为他几乎是个神仙，然而在他们面前的竟然只是个人，而且是一个快要走到生命尽头的人！

可是，赛勒斯·史密斯是怎么认识涅莫船长的呢？而后者为什么一听到这个名字就那么快地站了起来呢，他是否认为没有人知道他的名字呢？……

船长又重新坐在长沙发上，用胳膊支撑着身子。他注视着坐在他身旁的工程师。

“先生，您知道我过去的名字？”他问。

“没错，”赛勒斯·史密斯答道，“还有那艘了不起的潜水艇的名字。”

“是‘鹦鹉螺号’吗？”船长微弱地露出一点笑容说。

“没错，是‘鹦鹉螺号’！”

“可您……您知道我是谁吗？”

“我知道。”

“可是，我已经30年不与外界联系了，我一直生活在海洋深处，这个我感觉自由的唯一地方！那究竟是谁泄露了我的秘密？”

“一个从没与您许过诺的人，所以不能说他背信弃义。”

“是那个16年前偶然落到我船上的法国人吗？”

“没错，正是他。”

“这也就是说，当年‘鹦鹉螺号’卷进大漩涡时，那人和他的两个同伴并没有死？”

“他们没有死，他还写了一本名为《海底两万里》的书，书里还讲述了您的故事呢。”

“那仅仅是我一生中几个月的故事罢了，先生！”船长立即答道。

“没错，”赛勒斯·史密斯接着说，“然而那几个月的奇异生活就足以让我们了解您了……”

“也许把我当作一个罪人，是吧？”涅莫船长答道，“没错，也许是一个丧失人性的暴徒！”

工程师没有回答。

“是不是这样，先生？”

“涅莫船长，我没有权利评价您，”赛勒斯·史密斯答道，“至少对于您过去的生活，和所有人一样，我不知道您为什么要选择那种古怪的生活方式，因此，我不能这么就去评判结果。然而我所知道的，就是自从我们来到林肯岛以后，一只乐于助人的手不断地帮助着我们，我们才保住了性命；而这个慷慨、万能和善良的人，就是您，涅莫船长！”“是我。”船长简单地说。

工程师和记者都站了起来，他们的同伴们也走了过来，此时此刻，他们内心充满了感激之情，而且他们将用手势和语言表达出来……

涅莫船长打了一个手势制止了他们，掩饰不住内心的激动，说：

“等你们听完我的故事再说吧！”。

接着，船长用几句简短有力的话叙述了他的生平经历。虽然简短，可是，他不得不竭尽全力才能把故事讲完。很明显，他正在与极度虚弱的身体状况作斗争。好几次，赛勒斯·史密斯恳请他休息一会儿，然而他像一个生命垂危的人那样摇摇头。当记者提出医治他时，他答道：

“这些是没有用的，我活不了多少时间了。”涅莫船长是印度的达卡王子，是当时一个独立王国本德尔汗德邦国王的儿子、印度英雄第波的侄子。在他10岁那年，他的父王就把他送到欧洲去接受一种全面的教育，并希望有一天他能用一样的武器与那些侵略者作斗争。

达卡王子天资过人，从10岁到30岁间，达卡王子学习了所有的东西，在科学、文学和艺术上也都造诣颇深。

达卡王子游学了欧洲。由于他的出身贵族并且有大量财富，这使他到处都为人所追逐，然而他没有受任何诱惑所迷惑。年轻而又英俊的他保持着严肃、沉默寡言的生活作风，他心底里埋藏着一种无法替代的仇恨思想。

达卡王子心里充满了愤怒。他痛恨那个他永远不想涉足的国家，那个他拒绝不断地与之妥协的民族：英国，尽管它有很多地方吸引住他。

这是因为这个印度人不停地提醒自己对征服者的一切深仇大恨。入侵者是不会在被入侵者的家园得到原谅的。这个王子——那些只肯在名义上向英国表示臣服的印度各邦中一邦的帮主之子——来自于萨伊布家庭，从小就是在恢复主权和复仇的思想熏陶下成长的，对他那套上了英国人枷锁的美丽的家园有着不可抗拒的爱，他永远不愿意踏入那片奴役着印度，并被他咒骂的土地。

达卡王子成了一个深谙高深科学的学者，一位有很高的艺术造诣艺术家，一个在欧洲宫廷中成长的政治家。在一些不怎么了解他的人的眼里，他或许被看做了一个好学习然而轻实践的世界主义者，一个精神上高傲然而又流于空谈的阔绰的旅行者，不停地在世界各地游荡然而却不属于任何一个国家。

事实上，他完全不是这样的人。这位学者、艺术家、政治家的心里还挂记着自己是印度人，自己是一位期望复仇的印度人，一个抱着希望能有一天驱逐出侵略者、收回国家主权的印度人。

因此，1849 年达卡王子返回到本德尔汗德邦。他与一位贵族女子结婚，他的妻子和他一样，心里关系着国家，不久他们就生了两个至爱的子女。他们过得很幸福，然而幸福的家庭并没有使他忘记印度正在受奴役。他等待着机会，最后，机会终于来临了。

也许英国人对印度民众的压榨和剥削太重了。达卡王子把自己对殖民主义的仇恨，借助民众的愤恨，向民众们灌输了对殖民主义者的所有仇恨。他不仅跑遍了印度半岛上依旧保持独立的地方，而且还来到了受英国直接统治的地方。他号召大家想起第波为保卫祖国而英勇牺牲的伟大日子。

1857 年，印度士兵爆发了大起义，达卡王子策划了这次大规模的起义，是这次起义的核心人物。为了这一事业，他不仅贡献出自己的才能。甚至连自己的财富也全部贡献出来。他身先士卒，把生命置之度外，像其他为解放祖国而战斗的最谦逊的英雄们一样冲烽陷阵。他身受 10 处伤，当英国人把最后一批独立战士打倒时，他却死里逃生。

在印度大不列颠的势力从来没有遇到过这么大的挑战。而且，要是像他们希望的那样，印度士兵得到外来的援助，那恐怕联合王国的统治就要到此为止了。

此时，达卡王子的名字家喻户晓。他毫不躲藏，公开作战，所以英国当局悬赏要他的头颅。可是，如果说没有出现一个出卖他的叛徒，却在他意识到他的家人因他所受到的危险之前，他们就早已为他付出了性命……

正义的事业再次在强权面前倒下了。然而文明是永远不会倒退的，印度士兵的起义被镇压了，印度前各邦又沦入到英国更严酷的统治之下。

达卡王子死里逃生，他回到了本德尔汗德邦深山中。从此之后他孤身只影地生活在这里，对文明社会，他感到憎恨和反感，希望永远避开尘世，他剩余的家产变卖了，结集了20几个最亲密的伙伴，后来他们全部消失了。

那么，达卡王子到哪里去找文明世界所没有的那种独立自由呢？在水下，在海洋深处，那里任何人也没有办法追踪他。

这位学者变成了军事家，太平洋上的一个荒岛成了他的造船所。在那个地方，他自己设计了一艘潜水艇。他已经掌握一些方法，这些方法将来会被世人所知和利用是没办法估计的。

消耗源源不绝的能源和机械能产生出电能。这些电能被用于他的潜艇上的一切需要，海洋里蕴藏着无穷的宝藏、大量的褐藻类、难以计数的鱼类以及巨大的哺乳动物，这里不仅有大自然提供的一切，而且还有人类遗失在海底的东西，这些都充足地满足了王子和他的伙伴们的需求。他再也不想与陆地有任何联系，他把他的潜艇命名为“鹦鹉螺号”，自称为涅莫船长，然后便在海底消失了。

多少年以来从南极到北极，船长游历了各个大洋。他离开文明社会，在这个陌生的世界中，他收集到了大量奇珍异宝。1702年，西班牙商船在维哥湾沉没的百万财物为他提供了一座用之不竭的宝矿。这笔财富，他总是拿去资助为国家独立而斗争的人民，然而从不留名字。

总之，很长一段时间，他没有与他的同类有过任何接触。直至 1866 年 11 月 6 日夜里，3 个人突然落到他的船上。那是一位法国教授、他的仆人和一个加拿大渔夫。当时美国驱逐舰“阿伯拉罕 · 林肯号”正在追逐“鹦鹉螺号”，两船相撞时，这 3 个人被抛进了海里。

从那位教授口中，涅莫船长得知“鹦鹉螺号”潜艇有时被人们看做海盗的潜水船，有时被视为巨大的鲸鱼类哺乳动物，在各个海域都受到了追踪。

涅莫船长本能够把这 3 个人扔进大洋里，因为他们 3 个人闯入了他的神秘生活中。然而他没这么做，而是把他们软禁起来。然而他们在一次行程两万里的海底旅行中看到了很多奇观异景。

这 3 个人丝毫不知涅莫船长的底细，1867 年 7 月 22 日，他们夺取了“鹦鹉螺号”上的小艇后逃跑了。然而由于当时“鹦鹉螺号”正被卷进挪威沿岸的大漩涡中，所以船长原本认为那 3 个逃亡者一定是被淹死在那可怕的漩涡中，葬身大海了。他根本没想到那个法国人和他的两个伙伴竟神奇般地被抛到了海岸上，被渔民们救了；而且那个教授返回法国后，还写出了一本书，讲述了 7 个月之内在“鹦鹉螺号”上的离奇冒险的航行经过，引起了广大读者的好奇心。

这件事过后的很长一段时间里，涅莫船长继续遨游大海，继续过这样的生活。然而他的伙伴们一个个地死去了，他们在太平洋底的珊瑚墓地里找到了长眠之所。到了最后，只留下涅莫船长独自在船上陪伴着所有那些与他一起逃亡到海洋深处的人。

现在涅莫船长已经 60 岁了。当他独自一人时，他就把“鹦鹉螺号”开进那些被他当作船籍港的海底港口中的一个。

此时“鹦鹉螺号”正停在这其中一个港口，而这个港口便在林肯岛下。

6 年来，船长不再航行，一直居住在这里。他静静地等待着死神来临，他无意中看到了移殖民们乘坐的气球坠下来。当工程师掉进海里时，他正好穿着潜水服，在距海岸几链远的水底下漫游。涅莫船长起了怜悯之心，所以他救了赛勒斯 · 史密斯。

起初，他想避开这 5 个遇险者，可是，因为火山活动玄武岩上升，堵住了他藏身的港口，他的船再也不能穿过那海底洞穴的入口。一只轻便的小船穿过还绰绰有余的水深，对“鹦鹉螺号”来说则远远不够——这水深太浅了。

于是，涅莫船长留在这里，他注意到这些一无所有的人流落到一个荒岛上，渐渐地，当他看出这些人诚实、勤劳、像兄弟般团结友爱时，他就开始关注他们的所作所为了。他情不自禁地去了解他们的疾苦。穿着潜水服，他就能很轻松地游到“花岗石宫”的内井井底，然后，踩着凸起的石块爬到上面的井台上。他倾听着移殖民们回忆过去和对未来的憧憬。他从他们那里获悉美国为了废除奴隶制，国内发生了大规模内战。涅莫船长对他们如此诚实地表现出来的这种人性，产生了好感。

船长把托普托出湖面；把狗带到了“石窟”去；并在遗物海岬扔下那个装着那么多有用的物品的箱子让平底船在感恩河顺流而下；在“花岗石宫”遭猩猩袭击时，把绳梯从“花岗石宫”上扔下来；也是他，把文件封在瓶子里，让他们知道爱尔通在唐博岛上；是他在海峡深处安置了水雷，把那艘双桅横帆船炸毁；是他送来硫酸奎宁，救回了赫伯特的生命，最后又是他，用他在海底狩猎时使用的、掌握着其秘密的电弹击毙了那些匪徒。这样，那么多看似神秘的事情都清楚了。

这位伟大的愤世嫉俗的人物热衷于一切善行。他还要向受到他保护的人留下有用的建议；另一方面，由于感觉心脏跳得厉害，感觉自己死期已近，就像我们所知道的那样，他用一根电线把牲畜栏和“鹦鹉螺号”连起来，装上一个字母发报机，把“花岗石宫”的移殖民们请来……要是他知道工程师对他的历史很了解，竟能够叫上涅莫这个名字，也许他早就不会这么做了。

船长就这样讲完了他一生的故事。赛勒斯·史密斯开口了。他回忆了所有帮助移民的事件；然后，他以他和同伴们的名义，向这位帮了他们很多的人物致谢。

可是涅莫船长并不需要回报。这时最后一个想法在他脑海里出现了。在握住工程师伸给他的手之前，他说：

“现在，您对我的一生都了解了，那么请评判吧！”

船长之所也这么问，显然是暗示着一件那三个落到他船上的陌生人曾经目击过的严重事件、法国教授在书中讲述的反响可怕的事件。

的确，在教授和他两个伙伴逃走的几天前，一“鹦鹉螺号”正被艘驱逐舰追击，它像一只羊头撞锤一样向那艘驱逐舰撞去，并毫不留情地把它撞沉。

赛勒斯·史密斯听懂了船长的话外音，然而他没有说话。

“那是一艘英国驱逐舰，先生，”涅莫船长喊道，这时他好像又成了达卡王子“您好好听着，是一艘英国驱逐舰！我被挤在一个又窄又浅的小海湾中！我必须冲过去，因为它向我进攻！于是……我冲过去了！”

然后，他又稍稍平静地补充道：

“我主张正义和公理，我尽我之所能行善，也尽我之职责行恶。任何正义都不需要宽恕！”

讲到这里，涅莫船长沉默了片刻，接着，他又提出了问题：

“你们是怎样看我的呢，先生们？”

赛勒斯·史密斯向船长伸出手去，针对他的疑问严肃地答道：

“船长，您的错误就在于觉得能够回到过去，所以您一直与必然的进步作斗争。这是有些人赞成，然而另一些人指责的错误中的一种。只有上帝才能评判这些错误。一个人错认为他要做的是对的，人们能够指责他，然而却会永远重视他。人们不会因您的错误不表示对您的钦佩，因而您丝毫不必担心历史的评判。历史向来倾向那些英雄的荒唐做法，同时也谴责这些荒唐做法带来的后果。”

此时，涅莫船长的胸脯一起一伏，他把手伸向空中。

“那我是对，还是错呢？”他喃喃道。

赛勒斯·史密斯接着说：

“一切伟大的举措都是上帝的旨意，因为上帝促成了所有的伟大举动，站在这里的是您曾经帮助过的老实人，他们将永远怀念您！涅莫船长。”

赫伯特走近船长，并且跪下来，拿起船长的手吻了吻。

从船长的眼里流出一行热泪来。

“可怜的孩子，”他说道，“但愿上帝保佑你！”

十九

天亮的时候，大海涨潮，海水堵住了洞口。这个深深的海底地下室中没有一丝光线渗进。然而透过“鹦鹉螺号”舱壁射出的长束人造光却没有减弱，海水总是在浮着的潜艇周围熠熠发光。

此时，涅莫船长精疲力竭他倒在长沙发上。因为他已经表明他要留在“鹦鹉螺号”上那些无价的奇珍异宝中间，在潜艇上等待死亡的到来，所以大伙不能想着把他抬到“花岗石宫”去。一段很长时间的衰竭使他几乎失去了知觉，此间，赛勒斯·史密斯和吉丁·史佩莱细心地观察着他的情况。能够看出，船长的生命之火正渐渐地熄灭。体力将从这具以前十分强壮，然而现在却羸弱地收藏着一颗将要消失的灵魂的躯体内消失。

几分钟后——在这几分钟里，他或许回顾了他的一生，涅莫船长转过身来对移殖民们说：

“先生们，你们是否认为该向我尽些义务吗?”

“船长，我们愿意不惜一切代价来延长您的生命，来报答您!”

“好，”涅莫船长接着说，“好！只要你们能保证完成我的遗愿，我就把它当作回报了。”

“我们一定答应您。”赛勒斯·史密斯答道。

于是，史密斯和同伴们一起发了誓。

“先生们，”船长接着说，“明天，我就要被死神带走了。”

赫伯特本想抗议他这种说法，然而船长打了个手势阻止他。

“到了明天，我就会死了，可是不想埋在别处，我只求葬在‘鹦鹉螺号’里。这是我的棺材！我的所有朋友都长眠在大海深处，我也想在那里休息。”

涅莫船长的这番话引起了一阵沉默。

“听我说，先生们，”他接着说，“‘鹦鹉螺号’被困在这个洞穴里。可是，虽然它无法离开这个监狱，可它至少能够永远沉在这里，并把我的遗体埋葬在这里。”

移殖民们虔诚恭敬地听着这位生命垂危的人的话。

“我去世后，史密斯先生，”船长继续说，“您和您的同伴就离开‘鹦鹉螺号’吧，船上所有的财宝都将随我而去。你们知道达卡王子的过去，他将留给你们一件唯一的纪念物。那个盒子……在那里……装着钻石，价值好几百万。其中大部分是我做丈夫和父亲时留下来的纪念品，此外，里面还有我和我的朋友在海底收集到的珍珠。将来有一天，你们就能够借助这些财富来行善。史密斯先生，在您和您的同伴手中，金钱是不会变成祸害的。那我将在天上，支持你们的事业的，而且我完全相信你们！”

他不得不休息了几分钟，因为他太虚弱了，涅莫船长又继续说：

“明天，你们离开这里拿上那个盒子把门关上；然后你们登上‘鹦鹉螺号’的平台，插上进水塔的插销，把它反锁。”

还有什么方法治疗这个垂死的人呢？工程师和记者小声地交换了意见。即使不能挽救他至少是否能让他的生命延长几天呢？病人自己已经说过没救了，所以他并不害怕，他平静地等待着死神的到来。

“我们已经无能为力了。”吉丁·史佩莱说。

“然而他为什么死呢？”彭克罗夫问。

“因为他的生命正在衰竭。”记者答道。

“可是，”水手接着说，“要是我们把他抬出去，让他在太阳底下，也没准他会复活呢？”

“不，彭克罗夫，”工程师答道，“不要这么干！再说，涅莫船长不同意离开他的船。他在‘鹦鹉螺号’上已经30年了，他要死也想死在‘鹦鹉螺号’上。”

涅莫船长听到了赛勒斯·史密斯的话。他稍稍支起身子，用微弱然而仍然清晰的声音说：

“说得对，先生。我想死在这里。所以，我想请您帮我一个忙。”

赛勒斯·史密斯和他的同伴们走近了长沙发，然后把坐垫放好，为的是让那个垂死的人靠得更舒服些。

穿过阿拉伯风格的天花板，电灯光把大厅照得通明。此时，大伙能够看到船长的目光驻留在客厅里的所有奇珍异宝上。他一件一件地看着挂在墙壁华丽的墙毯上的挂画，这些杰作都出于自西班牙、法国和意大利大师之手；接着是靠着前舱壁的华丽的风琴，矗立在雕像座上的铜像和大理石像；然后是中间放着一个浅口盆的玻璃水缸，里面养着海洋中最具欣赏价值的生物，最后，他的目光落在了刻在陈列室三角楣上的座右铭："动境中之动。"

他好像想用目光最后一次抚摸一下这些人类的杰作，在那么多年的海底生涯中，他的天地就局限于此啊！

赛勒斯·史密斯没有打扰涅莫船长的沉思。他等候着死亡，赛勒斯·史密斯答道，"我们一定照办，船长。"

"好。然后你们坐进来时坐的那只小艇离开。可是，在离开'鹦鹉螺号'之前，请到船尾去，在那里把位于吃水线上的两个大旋塞打开，让海水灌进储水器里。这样，'鹦鹉螺号'就会在这深渊中慢慢地安息。"

此时，涅莫船长注意到赛勒斯·史密斯的一个表情，他补充道："不用害怕！你们只不过埋葬了一具尸体罢了！"

没有人向涅莫船长提出异议。因为这是船长托付给他们的遗愿，他们别无选择，只能照办。

"你们发过誓的，对吗，先生们？"涅莫船长补充道。"没错，船长。"工程师答道。

船长做了个手势，表示感谢。然后，他请求移殖民们让他自己一人呆几个小时。吉丁·史佩莱为防意外情况，坚持要留在他身边，然而这个生命垂危的人拒绝了，他说：

"先生，放心吧，我会活到明天的！"

大伙离开了客厅。他们来到位于船头的机房，发电装置就安装在机房里。这套设备在供应电和热的同时，还供应"鹦鹉螺号"的机械动力。

"鹦鹉螺号"是一件兼容着杰作的杰作，对此工程师惊叹不已。

移殖民们登上了露出水面七八英尺的平台。在平台上，他们在玻璃凸镜边躺下来休息。这块凸镜里嵌着大灯泡射出强烈的光。在这个大灯泡后面是一个舵轮舱，当"鹦鹉螺号"在水层中行驶，前面的电灯光应当照到很远的范围外。

起初赛勒斯·史密斯和他的同伴们都安静地躺着，因为刚才他们看到的和听到的一切都使他们激动不已。可是，一想到那个曾多次帮助他们的人，也就是那个他们几小时前刚刚认识的保护者已是生命垂危，他们的心里又多么地伤心啊！

对这个超群的人的行为无论将来的人如何评价，达卡王子将永远在人们的记忆中留下不可磨灭的奇怪形象的一面。“真是一条汉子！”彭克罗夫说，“真令人难以相信他就是这样生活在海洋深处！在海底更能享受安宁啊！”

“那艘‘鹦鹉螺号’”爱尔通指出，“也许能够帮助我们离开林肯岛。”

“去你的！”彭克罗夫大声说道，“我是决不会冒险开这种船的。在海上行驶还行！然而在海底就不可能了”

“我认为，”记者答道，“像‘鹦鹉螺号’这样的潜艇应该是不难驾驶的，彭克罗夫，而且我们肯定会很快掌握它的性能的。在海底航行，既不怕暴风雨，又不必担心撞船。因为在水下几英尺的地方，海水就像湖水一样平静。”

“有这个可能！”水手反驳道，“然而我更希望驾驶一艘帆索缆具齐全的船顺风前进。船是用来水上航行，而不是在海底走的。’

“朋友们，”工程师答道，“现在讨论潜水艇这个问题，那么‘鹦鹉螺号’，是没有用处的。‘鹦鹉螺号’不属于我们，我们没有权利处理它。再说，我们也动用不了它，这除了有这个洞穴的入口由于玄武岩上升，船出不了洞穴外，还因为涅莫船长希望在他死后，与这条船一起葬身海底。我们必须照办，这是他的遗愿。”

继续谈论了一段时间后，他们才回到“鹦鹉螺号”里面去。他们在里面吃了点东西，然后又回到客厅里。

涅莫船长已经恢复过来，他的眼睛又重放出光彩，嘴边好像还挂着一丝笑意。

移殖民们走近他。

“先生们，”他对他们说，“你们是善良、诚实和勇敢的人，过去我常常观察你们。我喜欢过你们，直到现在！史密斯先生，把您的手给我！”

赛勒斯·史密斯把手伸给船长，船长亲切地握住它。

“很好！”他喃喃说。

然后，他又接着说：

“我的事已经说得很多了！现在谈谈你们和你们寄居的林肯岛的事吧。你们想过离开这里吗？”

“我们还会回来，船长！”彭克罗夫立即答道。

“回来？一定吗，彭克罗夫，”船长微笑着说，“我知道您非常爱这个岛。你们的努力使它换了模样了！”

“船长，”此时赛勒斯·史密斯说，“我们的计划是把它赠给我们的祖国，然后建一个泊船港。”

“先生们，你们想念祖国，”船长答道，“你们为它而奋斗着，你们是正确的。祖国啊！……应该回去！应该叶落归根！我却死在离我所爱的一切非常遥远的地方！”

“您还有最后的什么的心愿吗？”工程师马上说，“要转交给那些留在印度深山里的朋友们什么遗物吗？”

“不，史密斯先生。我是我族人中的最后一个，我已经没有朋友了！……我认识的人都人为我早死了……孤独、寂寞是可悲的，是人最忍受不了的……我是因为原认为人能够孤独地生活而死的！……因此，你们得想尽一切办法离开林肯岛，回到你们出生的土地上。我知道那些无赖已经撞碎了你们造的那艘船……”

“我们正在重新造一只，”吉丁·史佩莱说，“一艘大得足以把我们送到最近的陆地上的船。然而即使我们离开了林肯岛，我们还是要回来的。我们在这里有很多的回忆，我们永远忘不了！”

“正是在这里我们认识了涅莫船长。”赛勒斯·史密斯说。

“也只有在这里，我们才能回忆起您的全部，”赫伯特补充说。

“我就要在这里长眠了，如果……”船长答道。

他犹豫了一下转是说：

“我想单独和您谈谈！史密斯先生。”

工程师的伙伴们尊重垂死的人的愿望，都退了出去。

赛勒斯·史密斯只是与涅莫船长单独呆了几分钟。不一会，他便把朋友们叫进来，然而他没说出那位垂死的人向他吐露的隐情。

这时，吉丁·史佩莱极其认真地观察着病人。很明显，船长很快就无力与病魔抗争了，他现在全靠着精神力量的支撑。

一天过去了，情况没有变化，移殖民们一刻也没离开过“鹦鹉螺号”。尽管在这个洞穴里，可是黑夜来临后，是无法分得清白昼和黑夜的。

涅莫船长的力气正在衰竭。他那由于死神临近而变得苍白的高贵的脸庞，看起来非常的平静。他不时吐出一些几乎听不到的话，讲述着他一生中的各种遭遇。生命正渐渐地离开着这具躯体，他的四肢已经冰凉了。他还与那些站在他旁边的移殖民们讲了一两次话，并向他们露出了最后一丝微笑，在死之前他一直把这微笑保留在脸上。

在午夜稍后，涅莫船长把手交叉在胸前，似乎希望保持着这个姿势去世。

凌晨1点钟，他的全部生命都集中在他的眼光里。炯炯有神的眼睛里，闪烁着最后一丝光芒。然后，他喃喃说着“祖国和上帝啊！”就安然死去。

此时，赛勒斯·史密斯弯下腰，为这位曾经是达卡王子，而从现在开始也不再是涅莫船长的人阖上双眼。

赫伯特和彭克罗夫都哭了。爱尔通擦着悄悄流下来的眼泪。纳布跪在记者旁边，宛如一尊雕像一样。

赛勒斯·史密斯先生把手放在死者头上，说：

“但愿他的灵魂能回到上帝身边！”

然后，他转过身来对朋友们说道：

“让我们为我们的恩人祈祷吧！”

移殖民们几小时后，就开始履行他们向船长许下的承诺，执行他的遗愿。

赛勒斯·史密斯和他的同伴们拿着他们的恩人遗留给他们的那个装着亿万财宝的盒子，然后离开了“鹦鹉螺号”。

他们把那个灯光通明的豪华客厅关上了。此时此刻潜水艇进水塔的钢门也上了闩，使一滴海水也渗不进“鹦鹉螺号”的房间内。

接着，移殖民们走进小艇里小艘系在潜水艇侧舷里。

他们把小艇划到船的后部。在那里有两个大旋塞，与用于使船下沉的储水器相通。

他们扭开了两个大旋塞，储水器装满了水，“鹦鹉螺号”便慢慢地往下沉，最后消失在这水幕之下。

然而移殖民们透过深深的水层目送着它。它那强烈的灯光照亮了透明的海水，最后，那束明亮宽阔的电灯光消失了，“鹦鹉螺号”成了涅莫船长的棺材，很快就消失在大海深处。

二十

唯一一处没被太平洋海水淹没的地方，就是一块长 30 英尺、宽 15 英尺的孤石，它露出水面几乎不到 10 英尺。

“花岗石宫”高原的全部所剩也就只有它了！岩壁已经崩裂，然后翻倒，而大厅里的几块石头崩堆在一起，构成了这处最高点。被爆炸炸毁的富兰克林峰顶锥，鲨鱼湾的熔岩颌骨，安全小岛，眺望岗，达卡窟的玄武岩，气球港的花岗岩，甚至连离爆炸中心那么远的长长的盘蛇半岛！都在深渊中消失了，现在，大伙所能看到的林肯岛只有这块狭长岩石，此时成为 6 个移殖民和他们的狗托普的避难所。

在这次灾难中所有动物都丧生了，所有的四足动物、鸟类等，它们不是被淹死就是被压死。哎！不幸的杰普它也暴尸在一处地面裂缝中！

海岛的碎片雨点般地从四面八方飞过来时，当时赛勒斯·史密斯、吉丁·史佩莱、彭克罗夫、赫伯特、纳布和爱尔通是因为他们正聚集在帐篷里，因为他们被抛进了海里才幸存下来。

当他们浮出水面时，看见了半链之外的这堆岩石。他们游了过去，并在上面站稳。

9 天以来，他们一直在这块岩石上度过！在灾难前从“花岗石宫”仓库中抢出来的一点粮食，还有下雨时飘落进岩石低洼处的一点淡水。就是这些不幸的人所拥有的一切了。他们的最后希望，那艘船，已经被炸碎了。他们没有办法能离开这块礁石了。他们既没有火，也没有取火的工具，只好看着危险越来越近！

尽管他们尽量省吃俭用，但到了 3 月 18 日那天，就仅仅剩下两天的食粮了。在这种情况下，他们的全部学识和智慧，都派不上用场。他们的命运只掌握在上帝手里。

赛勒斯·史密斯依然是平心静气。憋着一肚子闷气的彭克罗夫和神经紧张的吉丁·史佩莱则在岩石不停地上走来走去。赫伯特没有离开过工程师，而且一直盯着他，好像在向他求救，然而他也没有办法。纳布和爱尔通则听天由命。

“啊！倒霉！真是太倒霉了！”彭克罗夫经常唠叨说，“要是我们哪怕有一个一个核桃壳，把我们载到唐博岛就好了！然而我们什么都没有！”

“涅莫船长倒是死得及时啊！”有一次纳布说。

在接下来的 5 天里，赛勒斯·史密斯和他不幸的同伴们非常节省，他们正好吃到能顶顶肚子就算了。所以他们身体都很虚弱。甚至赫伯特和纳布开始出现某种昏厥的症状。

在这种状态下，他们还有希望吗？不！会有一艘船出现在这块礁石的附近吗？他们的出路在哪里呢？然而根据经验，他们深知船只是从来不在太平洋这一地区光顾的！那他们能指望正好在这一时期那艘苏格兰游船到唐博岛寻找爱尔通吗？这是不可能的，再说，就算它来了，由于移殖民们未能通知说明爱尔通出人意料地改变了地址这一消息，那游船的指挥官翻遍了那个小岛后，仍然一无所获，就会返回到纬度较低的海区的。

不！他们不能存在任何逃生的希望，一种可怕的死，那就是饥渴而死正在礁石上等待着他们！

因所以，他们早已毫无生机地平摊在这块礁石上，对周围的事没了反应。只有爱尔通，还极其顽强地抬起头，向这片荒凉的大海投去绝望的目光……

然而在 3 月 24 日早晨，爱尔通的胳膊突然伸向海上的一点，他先用手撑住身体，然后站起来，手好比在发着信号……

因为在海岛视线范围内出现了一条船！那条船不是随意行驶，因为它正加大马力，直线朝这块礁石驶过来。如果这些不幸的人有力气观察着天边的话，他们很早就该看到它了！

“邓肯号’！”爱尔通喃喃地说，然后就昏倒在地，一动也不动了。

当赛勒斯·史密斯和他的同伴们在悉心的照料下苏醒过来时，他们发现自己正在一条蒸汽轮的船舱里，还搞不明白他们是怎么逃出来的呢。

爱尔通的一句话就使他们全明白了。

“‘邓肯号’！”他喃喃说道。

“是‘邓肯号’！”赛勒斯·史密斯应道。

然后，他举起双手喊道：

“啊！全能的上帝！您是想我们得救的！感谢您，善良的上帝！”

没错，它正是“邓肯号”，格勒乃望爵士的游船。爱尔通在塔波岛上赎罪已经12年了。克兰特船长的儿子罗伯特受到派遣，指挥“邓肯号”，他是来接爱尔通回去的。

移殖民们不仅获救了，而且踏上了归国的途中！

“罗伯特船长，”赛勒斯·史密斯问，“您在塔波岛上找不到爱尔通，又是谁让您想到要往塔波岛东北方向走100海里呢？”

“史密斯先生，”鲁波特·克兰特答道，“这不仅是为了寻找爱尔通，而且是为了寻找您和您的伙伴们！”

“我和我的伙伴们？”

“没错！毫无疑问，就在林肯岛！”

“林肯岛！”吉丁·史佩莱、赫伯特、彭克罗夫和纳布非常惊讶，异口同声地喊道。

“您是怎么知道林肯岛的？”赛勒斯·史密斯问，“地图上没有它的位置啊。”

“我是看到你们留在唐博岛的那份通知才知道的。”罗伯特·克兰特答道。

“一份通知？”吉丁·史佩莱喊道。

“一点没错，你看。”罗伯特·克兰特拿出一份标有林肯岛的经纬度的文件，这上面写着：

爱尔通和五位美国移殖民目前所在地。

赛勒斯·史密斯喊道，“是涅莫船长！”他看完之后认出它与那份放在牲畜栏的文件是同一个人的笔迹。

“啊！”彭克罗夫说，“原来是他驾着我们的‘乘风破浪号’，一个人冒着危险到唐博岛去……”

“就是为了在那里留下这份通知！”赫伯特答道。

“没错，我没有说错，”水手喊道，“涅莫船长，就是在他死后，还会给予我们最后的帮助！”

“朋友们，”赛勒斯·史密斯激动地说，“愿万能的上帝能够接纳我们的恩人涅莫船长的灵魂！愿上帝保佑！”

听到赛勒斯·史密斯说的最后一句话，移殖民们都脱下帽子，小声地念着涅莫船长的名字。

此时，爱尔通走近工程师，简单地问他说：

“应该把这个盒子该放在哪里呢？”

在海岛沉没那一刻，是爱尔通冒着巨大的生命危险救出了这个盒子，而现在他把它完好无损地交给了工程师。

“爱尔通！爱尔通！”赛勒斯·史密斯无比激动地说。

于是，他对罗伯特·克兰特补充说：

“先生，你们在这里抛弃的是一个罪人，然而现在你们在这里找到了一个已经悔过自新的人！”

这时候，罗伯特·克兰特才了解涅莫船长的那段传奇故事和林肯岛移殖民们经历。然后，他测定了这块礁石的经纬度，从今以后要就将它标记在太平洋地图上了，随后就下令起航。过了半个月，移殖民们又回到了美洲大陆。他们发现正义和公理取得了胜利，那场可怕的战争结束了，他们的祖国又恢复了安宁。

他们充分利用了涅莫船长馈赠他们的那些装在小盒子里的财宝，他们花了大部分财宝在衣阿华州购买了一片广阔的土地。然后把这些财宝中最为珍贵最漂亮的珍珠，以被所有幸免于难者的名义，赠送给了格勒乃望夫人。

在他们购买的那片土地上，移殖民们辛勤地工作，创造新的生活，创造他们曾在好客的林肯岛上所获得的一切。他们在那里开辟了一片广阔的移民地，并用在太平洋里沉没的那个海岛的名字来命名。在那里，有一条河流名叫感恩河，一个小湖泊叫克兰特湖，一座山峰名为富兰克林，而森林就叫做远西森林。这里简直就能够称之为一个陆地上的岛屿。

在工程师和他的同伴们辛勤劳动下，那个地方一切都开始欣欣向荣起来。过去林肯岛上的老移殖民一个也都不缺，因为他们曾发誓要永远生活在一起。纳布和他的主人在一起；爱尔通准备着随时为大家效劳；彭克罗夫当了农夫，比干水手更加起劲；赫伯特在赛勒斯·史密斯的精心指导下完成了他的学业；而吉丁·史佩莱记者呢，创建了一份《新林肯岛先驱报》，成了全世界消息最灵通的报纸。

有很多客人来访问赛勒斯·史密斯和他的同伴们。他们曾经好多次接待了格勒乃望爵士和夫人、约翰·蒙克尔船长夫妇、罗伯特·克兰特、马克·奈布司少校，以及一切与克兰特船长和涅莫船长有关的人。

在那里，大家都非常幸福地生活着，他们像过去那样团结和睦。然而他们永远也忘不了那个他们4年间生活丰足的海岛；现在那里只是一块任由太平洋波涛拍打的花岗岩，那里成了涅莫船长的墓地！